사랑을 위한 되풀이

사랑을 위한 되풀이

황인찬 시집

창비

차
례

제 1 부

이것은 영화가 아니지만

물가에 발을 담갔는데 생각보다 차가웠다
그러나 아무것도 해명된 것은 없다

긴 여행을 마치고 돌아온 너는 이야기를 들려주었다

아름답고 평화로운 일상을 위해 무고한 한명의 아이를 영원히 지하실에 가두는 어떤 도시에 대해서, 거대한 폭력에 대응하기 위해 소규모의 폭력을 준비하는 늙은 소설가와 건축가에 대해서, '외로운마음'이라는 이름을 걸고 신문 상담란을 운영하며 신앙을 잃지 말라는 답변을 해주는 삶에 지친 어떤 남자에 대해서

가끔은 슬픈 목소리로, 또 가끔은 즐거운 목소리로,
중요한 대목에 이르러서는 진지한 표정을 지으며,

이건 정말 중요한 이야기야, 이건 정말 있었던 일이야
강조하고 또 강조하면서……

그러나 나는 네가 왜 소설 속의 일을 정말이라고 말하는 것인지 이해할 수 없었다

또 너는 말했다

홀로 지내던 날들과 준비 없이 떠난 여행과 한낮의 물가
에서 보았던 반짝이는 돌들에 대해, 그리고 갑자기 흘러내
리던 까닭 모를 눈물에 대해

죽기로 한 사람이 물속에서 눈을 뜨면 보이던 것에 대해

지금 너는 내 옆에 죽은 것처럼 누워 있다
나는 네가 죽었다고 생각한다

그러나 죽지는 않았겠지
이것은 정말 일어났던 일을 적은 것이니까

그렇게 생각하며 밖으로 나가니 이미 저녁이었다

저녁의 붉은빛 아래로 물가도 돌도 없는 서울의 언덕이
끝없이 이어져 있었다

이 모든 일을 언젠가는 다 적어야겠다고,

그러나 사실로는 적지 않아야겠다고

그런 생각 속에서 있었던 일은 끝이 난다

생과 물

사촌이 붙는 건 새야
나도, 너도, 아재비가 붙는 건 식물이고

그런 이름을 붙이고
이미 죽은 사람들을 생각해
아니야 생각하지 마

쇠뜸부기사촌이 나도닭의덩굴을 가만히 들여다보고 있다
개여뀌를 타고 오르는 것은 사마귀붙이고

사촌과 어색하게 앉아 풀만 보고 있었다

"풀들이 정말 징그럽게 파랗다"
"풀이 왜 징그러워"

사촌이 되물으니 더 어색해지고
매미 우는 소리만 시끄럽다

다른 친척들은 모두 물놀이를 하러 떠났다

이 행성에 있는 사람은 우리 두 사람뿐이다

사촌은 슬픈 대학원생, 개미가 만드는 군락 체계가
사회적 관계의 분석에 쓰였다고 떠들어댄다

왜냐고 물어도 대답은 없다
풀만 징그럽게 파랗다
개미는 보이지도 않고

이제는 매미도 울지 않는구나

이것은 마음의 사촌에 대한 이야기
내 것이 아닌 기억의 붙이

나도인간이 너도사람들과 물가에 흩어지는 것을
가만히 지켜보았다

물속에서 기뻐 보인다
미끄러져 넘어져도 와하하 웃는다

저녁에는 사촌의 사촌이 홀로 떠나갔다

저녁의 풀들은 그냥 검은빛이다

구곡

나는 꿈속에서 부자가 되었다
높은 집에서 창 아래를 내려다본다

친구가 아래를 지나가며 내게 묻는다

"이거 너희 집이야?"

나는 내밀 안다
"응. 근데 꿈일 수도 있어"

친구는 말한다

"그럼 일단 깨지 말고 있어봐"

그후로 너무 긴 시간이 지났다 아마 꿈이 아니었던 모양
이지만 그렇다면 도무지 깰 방법이 없다

통영

원문고개 지나면
거기부터 통영이에요

외지 사람들은
원문고개 지나면 보이는 좁은 만이
하천처럼 보이나봐요

다들 그걸 두고
강이야 바다야 이야길 해요

외지 사람도 통영 사람도
버스가 그곳을 지날 때는
모두 오른쪽에 펼쳐진 바다를 봐요

거기부터 통영이에요

그것은 너무 고단해
오는 내내 잠들어 있던 내게는 처음 듣는 이야기
그렇다면 나는 아직 통영에 온 것이 아닌데

나쁜 일은 아니었다
나 자신의 죽음을 구경하기 전까지는 그랬다

통영 사람들과 밤 부둣가를 걸었을 때
바닷바람이 불어와 그것이 너무 포근하다고 느꼈을 때

무슨 일이 있었습니까
일어난 것은 무엇입니까

대답해줄 사람은
아무도 없었지만

통영의 모든 것이 아름답군요!
나는 말했고

돌아가는 버스에서는
왼쪽으로 펼쳐진 바다를 보았다

무대의 생령

나는 과거의 학교, 가만히 앉아 있습니다

방금 인사하고 간 사람이 고교 시절의 친구인지 아니면
옛 연인인지 모르겠습니다

그런 일이 자주 있어요

선생님을 엄마라고 부른다거나(중학생 때 일), 눈을 뜨면
처음 보는 천장이리기니(내 얘기 아님)

여러 생각이 마구 뒤섞이곤 합니다

요새는 꿈에서 본 것을 정말로 봤다고 믿기도 하고, 죽이
고 싶은 사람을 진심으로 사랑한다고 생각하기도 했어요

나는 생각이 많고, 착각이 많고, 역사가 깊군요

……이쪽은 모르는 사람, 가만히 앉아 있습니다 아는 얼
굴이 보인다면 반가운 기분이 들겠지요

종종 생각합니다

언젠가 세상은 영화가 될 거라던데(정성일),
왜 아직인가요

혹시 이미 된 건가요

그렇다면
세상이 영화라면

지금 이 착각들도 어쩌면⋯⋯

⋯⋯

그쯤에서 멈춥시다
나는 과거의 학교, 가만히 앉아 있습니다
놀라움도 즐거움도 없이

영화는 없습니다
계속 반복되는 앉아 있음입니다

모르는 사람은 아직 옆에 있고
그건 내가 모르는 일이며

그 사람을 나는 아마 사랑하고 있습니다(실수로 죽여버렸
지만)

You are (not) alone

(모난 괄호를 보면 갇히는 기분이다 그렇게 말한 것이 김춘수였을 것이다 휘어진 괄호를 보면 사라지는 기분이 들까 공이나 새 따위의 궤적이 지금도 사라지고 있겠지 자꾸 생각해본다 둥근 공이나 둥근 새 같은 것들이 기호로 보인다)

나는 사랑을 느끼는 중이다 그것을 증명할 수는 없다

니는 나를 사랑한디 니는 그것을 증명하는 중이다

()

때로 좋은 일이 일어난다

어제는 무릎으로 기어가 제발 사랑해달라고 빌었다

봉양

친구의 과수원에 놀러 갔다

과수원에서는
벌을 많이 친다고 했다

빛 많은 날에는
벌들 우는 소리가 더 크게 들린다고

꽃나무가 늘어서 있고
친구는 벌들과 같이 바쁘다

다른 세상 같아
무심코 나온 말에 친구는 말이 없다

과수원을 한바퀴 돌았다
사과꽃에 벌이 매달려 있는 것을 보았다

큰 소리로 울고 있었다

왱왱대며
움직이며

빛 소음 운동 빛

모두 부수고 있었다

소양돼지닭

윷놀이 말하는 거야? 그것은 네가 던진 질문에 내가 내놓은 답 너는 아니라고 말한다 그러면 브레멘 음악대를 말하는 것이냐고 묻자 그것도 아니라고

오늘 저녁에 무엇을 먹으면 좋을지 물어보는 것이었다

사랑은 무엇일까
고기는 사랑이라는 말도 있다지만

사랑은 무엇일까

저기 지나가는 개는 주인도 없이 목줄만 끌고 어디론가 향하는데

모처럼 외국에 나갔으니 공원을 가보라던 너는 무슨 동물 농장 같은 이야기나 하고 있고 (이게 국제전화로 할 얘기가 맞나?)

개와 걷는 사람들, 잔디밭에 앉아 볕을 쬐는 사람들을 보

며 어디든 다 똑같네 그런 생각을 했다 그래서 너의 저녁은
무엇일까 너는 잠깐 기다려보라며 통화를 끊었는데

　호수에는 새들
　나무에도 새들

　내가 아는 것과는 다른 모양의 나뭇가지 위로 이름 모를
새들이 늘어서 있었다

　사랑하는 개가 없어졌어요
　하얗고 사랑스러운 그런 개인데요

　한국의 것과는 전혀 다른 빛과 공기 속에서 창백하고 표
정 없는 얼굴의 아이가 외국어로 말하고 있었다 나는 공포
에 사로잡혔고

　"거기는 양이 맛있대!"

　너에게서 메시지가 도착했다

그것은 간단한 절망이다 얄팍함의 하느 님이다

좋은 일은 무엇일까
더 좋은 일은 무엇일까

선주는 학교를 나오며 생각해본다 꿈에 누가 나오면 그 사람은 이상하게 각별하게 느껴진다 꿈에 혜지가 나왔으면 좋겠다

1 선주는 무엇을 알고 있을까
2 꿈에 나온 사람은 이상하게 각별하게 느껴진다
3 혜지는 학교에 없다

좋은 일은 무엇일까
더 좋은 일은 무엇일까

어느날 희주의 꿈에 천사가 찾아온다 희주는 불교를 믿지만 꿈의 나라를 지키기로 결심한다 희주는 이후로 영영 잠들지 않는다

1 희주는 이런 내용의 꿈을 꾼 적이 없다

2 희주는 불교 신자다
3 이것은 혜지의 꿈이다

시은이는 거리를 걷다가 빛을 발견한다 도희는 더 좋은
일이 일어나기를 바라지만 그런 일은 이 세상에 일어나지
않는다 시은이는 눈이 멀었다

1 미아는 수대고기를 받은 사신은 비밀로 하고 있다
2 좋은 일은 무엇일까
3 더 좋은 일은 무엇일까

세나는 물속에서 눈을 뜬다 이것이 만약 현실이었다면
나는 죽었을 것이다 세나는 그렇게 생각한다 꿈이라서 정말
다행이야 세나는 물속에서 눈을 감는다

1 이 모든 일이 정말 일어난다면
2 혜지가 돌아올까
3 이것은 혜지의 꿈이 아니다

선주는 수 세기를 그만두고 옥상 아래를 내려다본다 죽은 사람이 아무도 없다는 것은 좋은 일이다 더 좋은 일은 아니다

부곡

폐업한 온천에
몰래 들어간 적이 있어

물은 끊기고
불은 꺼지고

요괴들이 살 것 같은 곳이었어
센과 치히로에서 본 것처럼

너는 그렇게 말하고 눈을 감았다

도시에는 사람들이 살지 않는다
다들 어디론가 멀리 가버렸어

풀이 허리까지 올라온 공원
아이들이 있었던 세상

세상은 이제 영원히 조용하고 텅 빈 것이다
앞으로는 이 고독을 견뎌야 한다

그렇게 생각하면
조금은 마음이 편해진다

긴 터널을 지나 낡은 유원지를 빠져나오면
사람들이 많았다

너무 많았다

제 2 부

놀 것 다 놀고 먹을 것 다 먹고 그다음에 사랑하는 시

이것이 나의 최선, 그것이 나의 최악

어두운 밤입니다

형광등은 저녁 동안의 빛을 아직 다 소진하지 못하고 희미한 빛을 뿜습니다 하지만 금세 꺼져버리는군요

밖에서는 청년들이 떠드는 소리, 지금이 몇시냐고 외치는 소리, 이윽고 모든 것이 조용해집니다

직전에 멈춰야 해요
요새는 그런 생각에 사로잡혀 있습니다

날이 추워져서 얇은 이불로는 따뜻하지 않습니다 시린 발을 비비다 옆 사람의 따뜻한 발과 닿으면 "자?" 저도 모르게 묻게 되고, 그러면 "응" 대답이 돌아오는군요

그러면 할 말이 없어집니다
무슨 할 말이 있었던 것도 아니지만……

아직 어두운 밤입니다

야광별이 박혀 있는 천장을 올려다보며 언제쯤 멈출 수
있을까 생각합니다 끝이 어딘지 알아야 할 텐데

알 도리는 없습니다
그래도 직전에

직전에 멈추지 않으면 안 돼요
멈추지 않으면

다 끝나버리니까

지난여름에는 해변에 흩어져 있는 발자국들을 보며 지난
밤의 즐거웠던 춤과 사랑의 기억 따위를 떠올렸습니다만 지
금은 좁은 침대에 누워 어깨를 움츠린 채

잠들어 있는 옆 사람을 살짝 밀어볼 뿐입니다

밀리지는 않는군요 이대로 잠들 수는 없겠군요

그러거나
말거나

새소리가 들려옵니다
아침이군요
창밖에서는 또 희미한 빛이 들어오고 있습니다

레몬그라스, 똠얌꿍의 재료

똠은 끓인다는 뜻, 얌은 새콤하다는 뜻
꿍은 새우

레몬그라스는 똠얌꿍의 재료

혼자서 먹었어요,
망원동의 골목에서요

여름이었고, 밤이었고, 너였고, 무한하게 펼쳐진, 나랑은
무관한 별들이었고, 새콤한 게 더운 날에는 딱이니까

향긋한 파 같은 레몬그라스
쑥갓을 닮은 고수

이 시는 겨울에 생각하는 여름밤에 대한 시,
출출한 밤이 오면 생각나는 시

똠은 끓이고, 얌은 새콤하고, 입맛 없을 때 아주 좋은 시,

놀 거 다 놀고, 먹을 거 다 먹고,
그다음에 사랑하는 시

상상만 해봤어요

밖에 눈이 와서요
따뜻한 우동 국물이 생각나는 밤이라서요

똠은 끓인다는 뜻, 얌은 새콤하다는 뜻
꿍은 새우

레몬그라스는 똠얌꿍의 재료

뜻이 있다고, 없다고, 누가 자꾸 말하고

낮 동안의 일

며칠 전에는 새를 묻고 왔다

굳어가는 새를 보며
어찌할 줄 몰라 당황하고 있을 때,

너는 정원을 청소하는 중이었고

죽어버린 새를
손에 쥐고 있는 내게
너는 뭘 하느냐 물었지

새가 멈췄어,
너무 놀라서 얼결에 그렇게 답해버렸다

그후로 무엇인가
자꾸 멈춰 있는 것 같다는 생각이 들었다

하지만 생각은 생각일 뿐이야,

그것은 잠자리에 들기 전 네가 했던 말이고
맞아, 그냥 다 생각이야,

이것은 나의 생각이었다

다음 날 아침에도
정원의 나무에는 새들이 많았다

날아가고 또 날아가도
새들이 다시 가지에 앉고,
또 어떤 새는 떨어지고, 그냥 그랬다

식탁 위의 연설

　왕십리는 미아리가 되고 차창에 들어오는 빛이 옥스퍼드
셔츠가 되고 유모차는 다리 저는 개가 되고

　잠들어 기댄 어깨가 어두운 종점이 되고
　늙은 나무는 고향집의 은유가 되는

　그것이 삶이라니

　돌아오는 길은 모르는 동네다 공원을 걷는 사람은 호수의
조명이고

　매일 밤 거실 바닥에 누워 생각한 것은
　잠들면 모두 까먹게 된다

　너무 이상해

　문을 열고 나가면 아는 것들만이 펼쳐져 있는데, 문을 열
고 나가면 모르는 일들뿐이라니

그것은 네가 어느 저녁 의자 위에 올라서서 외친 말이다
나는 네가 의자에서 떨어지면 어쩌나

그것만 걱정했고

그런 것이 우리의 일상이었고,
이제는 일상 말고는 쓸 수 있는 것이 없었다

여름 오후의 꿀 빨기

대청마루입니다 거기서 꿀을 빨았습니다

올려다보면 무청 빛깔의 하늘
벌집 조각에 코를 박은 채입니다

찐득한 꿀이
손에 줄줄 흐르는 줄도 모르고
꿀 먹은 무엇인가처럼

사촌들과 둘러앉아
꿀을 빨았습니다
혀가 얼얼해지도록 그랬습니다

옆집에서는 개를 잡았고,
어제는 할머니가 토끼를 잡았습니다

오늘은 뭘 잡을까

마당 끄트머리 그림자 속에

몸을 웅크리고 앉은 어린 영혼을 보았는데,

어릴 적 증오했던 사람의 얼굴을 하고 있었습니다

잠에서 깨면 시커먼 두 손과
벌집에 엉겨 붙어 죽은 개미떼……

을 려디 브 히늘은 앞배추 빗깐이 저녁이ㄱ
돌아보면 대청마루가 너무 넓고 휑합니다

슬픔도 놀라움도 없습니다
밥 짓는 냄새만 납니다

할머니가 뭘 또 잡았습니다

불가능한 경이

어떻게 말을 꺼내지, 어떻게 말하면 부끄럽지
않을 수 있지

너는 책상에 앉아 있고
나는 창 너머에 서 있고

백년째 복도를 헤매던 사람도 이제는 지쳤다고 한다

수업 종이 울리고 선생님이 들어오시면 아이들은 일동 차
렷하고 인사를 하네

문을 열고 내가 들어가면 모두 놀라버릴 텐데
이상한 것도 놀라운 것도 이제는 버거운데

어떻게 말해야 하지, 어떻게 말하면
경이롭지 않을 수 있지

선생님이 수업을 시작하시면 수업이 시작되시고
나는 창 너머에서 수업을 지켜봅니다

수업은 좋습니다 한국의 교육은 백년 동안 계속되었습니다 선생님은 선량하고 아이들은 무구합니다

너는 판서된 것을 따라 적고
나는 창 너머에서 그것을 따라 읽고

어떻게 말을 건넬까 어떻게 해야 모든 것을 망치지 않을 수 있을까 그 말을 하지 않고

어떻게 그 말을 할 수 있지

자꾸 고민하면서
백년째 말을 걸지 못하는 내가 있고

시간이 지나면 수업 종이 울리고 선생님이 나가시면 아이들이 복도로 밀려나오고

복도에 서 있는 내 앞에 네가 서 있다

손을 내밀고 있었다
무얼 하느냐고, 빨리 들어오라고

꽃과 고기

너는 고기를 뒤집는다
붉은빛이 사라진다
다시 입속으로 걸어 들어가는 사람의 행렬

사랑을 중단하고
사랑을 명령하는

아름다운 고기들은 맛이 좋고
몸에도 좋고

아 더는 못 먹어
그런 생각이 들 때까지 고기를 먹었는데

하지만 사랑에는
중단이 없고 명령이 없는데
너는 자꾸 고기를 뒤집고

새까맣게 타버릴 때까지
숯덩이가 되어버릴 때까지

아 맛있다

그런 생각이 멈출 때까지

고기를 뒤집으면 고기가 되고,
고기를 뒤집으면 맛이 생기고,

사람은 정말

고기를 왜 먹나 몰라

어금니에 낀 고기를 빼내느라 고생하며 사랑을 했지

피리를 불자

나는 조금 더 고요해지길 바란다 그놈의 전화벨은 그만
울길 바란다 밖에서는 새들이 미친 듯이 울어대는데, 여기
서는 아무 일도 없기를 바란다

그러나 거실에는 친척들이 가득하고
여기서는 누구도 나갈 수 없다

조카애는 리코더를 불고 앉았고 친척들은 좋다고 박수를
치고 절도 하고 전도 부치고 아주 제사를 올리고 있네 조카
애는 제사상을 받으며 흡족해하고

나는 이 죽음에서 깰 수가 없다
수화기 너머에서는 조용히 좀 살자고 사정을 하고

죄송한 마음

지난겨울에는
많이 슬펐습니다

식은 밥을
미역국에 말아 먹었습니다

다시는 그러지 않겠습니다

저는 자주 헷갈립니다

숟가락에 붙어버린 미역은
어떻게 해야 합니까

입으로 떼어 먹으면 되는 것입니까
아니면 국물에 풀어버려야 하는 것입니까

죄송합니다
그런 마음을 담아 이 글을 씁니다

......

오늘은 모처럼 일찍 눈을 떴습니다
창밖에는 눈이 내리고 있습니다

미역은 생각보다
더 많이 불어납니다

물기를 짜낼 때는
어쩐지 서글퍼지지만

저는 종종 믿을 수 없습니다

저기 눈 속을 뚫고
지나가는 사람들에게도
나름의 인생이 있군요

제가 모르는 새에 태어나

또 모르는 새에 죽어버리는 것이군요

부엌에는 저 혼자뿐입니다

정신을 차려보면
흰쌀이 물속에 잠겨 있습니다

……죄송합니다

지난겨울에는
많이 슬펐습니다

친척의 별장에서 많은 일이 있었습니다만
그것에 대해서는 달리 말하지 않겠습니다

슬픔은 인생의 친척이라고 합니다
그런 말을 책에서 읽었습니다

그렇다면 인생은

슬픔의 친척이 되는 것이겠지요

친척에 대해 생각하면
어쩐지 죄송해지는군요

증기 배출이 시작된다고
모르는 여자가 말해줍니다

아침은 흰쌀밥과 소고기를 넣은 미역국입니다
흰쌀밥에 미역국은 아주 맛있고 매우 뜨겁습니다

너무 뜨거워서 잠시 식게 둔 것이
어느새 완전히 식어버렸군요

허옇게 굳은 기름이
국물 위에 떠 있습니다

더이상은 슬퍼지지 않습니다
정말 죄송합니다

침식암반

우리 형은
눈물이 많다

그 작은 눈 어디에
그렇게 많은 슬픔을
담아놓고 있었는지

형이 울면
온 동네가 난리다

비가 내려
온 마을이 물에 잠기고

그러면 사람들은
서로의 슬픔을 꿈에서 본다

그렇지만 현실에서
그런 일은 일어나지 않는다

저기 멀리 서 있는
사람의 기둥이 하나

동네를 떠나갔나
동네가 떠내려갔나

꿈속에서는
형이 나를 안아주었다
내게 형은 없지만

눈을 뜨면 소금 사막

한국에 없는 풍경이다

사랑과 자비

맞아, 그 여름의 바닷가에선 물새들이 끊임없이 울고 있었어 젊은 사람들이 해변을 뛰어다녔고 맞아, 우리는 개를 끌고 나왔어 그런데 그 개는 어디로 갔지?

쌓인 눈을 밟으면 소리가 난다
작은 것들이 무너지고 깨지는 소리다

우리는 그때 맨발로 뜨거운 아스팔트를 걷고 있었어 물놀이에 정신이 팔려 신발을 잃어버리고도 서로를 보며 그저 웃었고 그때 우리는 두 사람이었지

한 사람의 발자국이 흰 눈 위로 길게 이어져 있다
아주 옛날부터 그랬다

이제는 잘 기억나지 않는다

웃고 있는 서로를 보며 우리가 서로의 눈동자 속에서 무엇을 보고 또 알았는지 끝없이 이어진 수평선을 보며 우리가 서로에게 어떤 마음을 주고받았는지

"이런 삶은 나도 처음이야"
그렇게 말하니 새하얀 입김이 공중으로 흩어졌고

그때 우리는 사람으로 가득한 여름의 도시를 걷고 있었다
두 사람의 젖은 발이 뜨거운 지면에 남긴 발자국이 금세 사
라져버리는 것도 모르는 채로

겨울 호수를 따라 맨발자국이 길게 이어져 있다
주변에는 아무도 없다

영원한 자연

얼마 전에 장미도
열매가 열린다는 걸 처음 알았어요

여름이 끝났는데
까맣게 타버린 꽃이
떨어지지도 않고 있더라구요

먹을 순 없다나봐요

얼마 전엔 친구의 생일을 축하하려고
케이크를 샀는데 꽃사과가 올라가 있었어요

친구가 꽃사과를 처음 본댔어요
결국 아무도 꽃사과를 먹지는 않았습니다

지금은 고속버스를 타고
남쪽으로 내려왔어요

겨울이 벌써 시작됐어요

날이 추워져서
이제 복어가 철이래요

아직 제철 복을 못 먹어봤어요
그러고 보니 굴도 이제 곧 철이죠
제철 챙겨서 음식을 먹는 편은 아니지만

생각났어요
그냥 생각났어요

요새는 그래요
생물들을 자주 생각하게 돼요
생물들이 죽고 사는 것이 생각나고 그래요

남쪽은 항상 바다라고 생각했어요
바다가 계속 이어지는 거라고 생각했어요

시골 마을을 무심코 걷다가
모르는 집 담장 너머에 널린 빨래들을 봤고요

꽃무늬 바지를 보고
꽃이 피었다고 잠깐 믿기도 했어요

눈보다도 먼저 겨울에 비가 오고 있군요
그건 너무 흔한 일이지만

남쪽의 바다에 겨울이 오면
바닷가에도 붉은 꽃이 피겠지요

흰 눈이 쌓이고
붉은 꽃들이 드문드문 보이겠지요
그게 장미는 아니겠지요

장미는 눈을 감고 있어요
누가 그렇게 말했어요

들장미는 열매가 맺히면
차로도 끓여 먹어요

그렇지만
오해를 후회하고
착각을 원망하며
차를 마시면 무엇이 남습니까

남습니다
아무것도 없음이

보입니다
빈 찻잔이

아무튼 지금은
비가 옵니다

까맣게 타버린 꽃이
비에 젖어 더욱 까매질 겁니다

정말로 바다가 계속 이어진다고 생각했어요

이 모든 것을 돼지국밥을 먹으며 생각했습니다
서울의 근처 위성도시 어딘가에서

현장

옆에는 처음 보는 강아지 한마리가 자고 있었고
이걸 깨워야 할까, 말아야 할까

고민을 했다

그이가 가져왔나 생각을 하다 이젠 그가 없다는 생각을
했고 그사이에

강아지는 하품도 하고
눈곱도 떼고

일어나서 라면도 끓여 먹었네

귀여운 강아지는 꿈속의 강아지
이게 꿈인 줄은 원래 알았다

그러니 이제 그만 일어나야지,
생각을 하면

옆에는 처음 보는 강아지 한마리가 자고 있었고

아이 참, 이제 이런 건 그만하세요 좀!

조건과 반응

"개는 너무 슬픈 동물이야"

옆 테이블의 남자가 말했어
너는 그냥 창밖을 보고 있었고

"자꾸 뭘 바라잖아, 사람 얼굴을 보면서……"

그때 우리는 호수공원 옆의 까페에 있었어 커다란 고무
오리를 보러 온 사람들로 가득했지

"자기가 뭘 원하는지도 모르는 게 너무 슬프다고……"

남자는 혼자 앉아 있고
너는 그냥 창밖의 오리를 보고 있어
아니면 오리를 보고 즐거워하는 사람들을

"개는 너무 슬픈 동물이야……"

남자는 거의 울기 직전이었고,

나는 애써 그를 보지 않았지

울고 있는 어른을 보면
죄짓는 기분이 드니까

사람들은 그냥 오리를 보며 즐거워하고 있어
사진을 찍고, 이야기를 나누며, 손을 마주 잡고

"자꾸 뭘 바라게 된다고……"

그 말을 마지막으로 남자는 사라졌어
하지만 나는 그의 말이 너무 이상하다고 생각했지
개는 많은 것을 바라지 않으니까

개가 바라는 것이란

맛있는 음식, 따뜻하고 안전한 집, 마음껏 뛰기와 힘껏 물
어뜯기, 그리고 다정한 목소리로 건네는 칭찬……

그런데 너는 지금 왜 울고 있는 것일까
이해할 수 없는 불안 속에서 너를 불렀어

그러자 너는 슬픔과 다정함이
구분되지 않는 표정으로 나를 쓰다듬어주었고

만약 내가 사람이었다면
이 모든 것을 이해할 수 있었을까?

사람들은 십육 미터의 거대한 오리를 보며
자꾸 귀엽다고 말하고 있어

피카레스크

시골에 있는 나의 작은 집에서는

조용히 양파를 까는 저녁과
흐르는 물에 그릇 부시는 소리 가득한 오후와

겪어본 적 없는 아름다운 삶이
자꾸 제작되고 있다

슬픔이 찾아오는 날에는 일기를 썼다

"아무 일도 일어나지 않았습니다
다 소설이었습니다"

그게 무슨 고백이라도 된다는 것처럼
계속 고백하다보면 진실해질 수 있다고 믿는 것처럼……

여기서 그는 나와 오래 함께 살았다

그는 화단에 가득 피어난 꽃들이 다 죽은 것을 보며

여름 내내 울었다

그는 어두운 시골길을 지나
이곳으로 오는 사람이다

아직은 오지 않았다

감사하는 마음

고맙습니다 여러분이 도와주신 덕분입니다 저는 무사히
임무를 마쳤습니다 힘든 일도 있었고, 기쁜 일도 있었습니
다만 그 어느 것도 잊지 못할 것 같습니다

정말 고맙습니다
길고 긴 인생이 끝났습니다

저는 고향에 돌아왔습니다 반갑고 낯선 얼굴들, 사랑하는
친척들과 인사를 나누고, 함께 저녁을 먹고

지난여름에 돼지가 우물에 빠졌던 일 따위를 떠올리며
앞으로는 그렇게 살겠습니다

때로는 그곳이 그립겠지요

끝없이 떨어지던 별들의 폭포와 좋은 이웃들뿐이던 콜로
니, 중력에 의해 휘어지는 빛의 궤도를 계산하던,

다시는 만나지 못할,

사랑하는, 알려지지 않은 새로운 전사들도

모든 것이 고맙습니다

저는 지금 고향집에 돌아와 친척들을 만나고 어릴 적 지
내던 그리운 제 방에 누워 있습니다

아는 얼굴이 이미 아무도 없군요
모두 죽었군요 모두 멀고 먼 친척들이군요

그러나 여러분이 제게 베풀어주신 배려와 친절에 대해서
는 깊고 깊은 감사의 말씀을 전합니다

고맙습니다 너무 고마워서
더 드릴 말씀이 없습니다

이것이 나의 최악, 그것이 나의 최선

이 시에는 바다가 등장하지 않는다

다만 이 시는 우리가 그 여름의 바다에서 돌아온 뒤 우리에게 벌어진 일들과 그것이 우리의 삶에 불러일으킨 작은 변화들에 대해 말할 수 있을 뿐이다

그러니까, 어느 토요일 오후 책장에 올려둔 소라 껍데기에 귀를 대며 거기서는 아무 소리도 들리지 않는다는 것을 부러 확인한다거나, 한 손에 국자와 젓가락을 쥔 채 개수대로 흐르는 물을 하염없이 내려다보며, 갑자기 떠오른 지난 여름의 대화들에 혼잣말로 답해본다거나, 자신의 목소리가 너무 커서 깜짝 놀라게 된다거나

뭐 그런 일들

어느 주말에는 이런 일도 있었다 까맣게 탄 그와 함께 집에 돌아왔을 때, 그의 손에 아름다운 것이 매달려 있었다

"이게 뭐지?"

그가 이상하다는 듯한 표정으로 물었을 때는 어째서인지 그것을 설명하면 큰일이 일어날 것이라는 생각이 들었고
　　대답하는 대신 함께 저녁을 만들어 먹었던
　　돌이켜보면 아마 그는 우리가 결국 이 시의 마지막에 끝나리라는 것을 알고 있었던 것 같다

　　그날 밤에는 늦도록 잠들지 않았다
　　즐거웠던 지난 일들에 대해 한참 이야기했다

　　폭죽 불꽃이 터져오르는 해변에서 불을 피우며 여럿이 어울려 춤을 추었던 그 밤과 다음 날 아침에 눈을 떴을 때 태풍이 찾아와 살풍경한 해변을 웃으며 걸었던 일 따위에 대해 아주 짧았고 그래서 충실했던 날들에 대해

　　손을 잡은 채로,
　　손에 매달린 아름다운 것을 서로 모르는 척하며

　　그렇게 그 장면은 끝난다

이제 이 시에는 바다를 떠올린다거나, 바다에서 있었던
일이 우리에게 미친 영향과 그 생활 따위에 대한 이야기가
나오지 않는다

이제 말할 수 있는 것은

그 여름과 그 바다가 완전히 끝나버렸는데도 아무것도 끝
난 것이 없었다는 것에 대한 것이고
영원히 반복되는 비슷한 주말의 이미지들에 대한 것이고
내 옆에 누워 조용히 잠들어 있는 그의 얼굴을 바라보며
느끼는 소박한 기쁨과 부끄러움에 대한 것뿐

그렇게 삶이 계속되었다

제 3 부

사랑을 위한 되풀이

오래된 미래

학교 운동장을
아장아장 걷는 아이

누구랑 같이 왔을까

혼자 잘 걷는다

나무에는 선생님이
목을 매달고 있고

아이는 혼자서
잘 걷고 있고

두려움도 없이
망설임도 없이

……누구랑
같이 왔을까

애가 혼자 너무 오래 걷고 있어서
솔직히 무섭다

재생력

다 함께 모여서 방학숙제를 했지
무슨 애니메이션의 한 장면처럼

그것은 여름 내내 여러 마음이 엇갈리고, 지구의 위기까
진 아니어도 마을의 위기쯤은 되는 사건을 해결한 뒤의 일

아이들이 하나의 테이블에 둘러앉아 있는
이 장면은

불안하고 섬세한 영혼의 아이들이 모험을 마치고 일상을
회복하였으며, 앞으로도 크고 작은 모험을 통해 작은 성장
을 거듭해나갈 것임을 암시하는

그런 여름의 대단원이다

물론 중간에 다투기 시작한 아이들 탓에 결국 숙제는 끝
내지 못할 테지만

뭐 어때, 숙제는 언제나 남아 있는 거잖아(웃음)

사건 이후에도 삶은 이어지고
마을은 돌아가고

아이들은 어른이 되는 거야

여름 내내 모험에 도움을 주었던,
온갖 사물에 깃든 신령들에게 마음속으로 안녕을 고했지

지금의 일상을 소중히 하자
다시는 이런 날이 오지 않을 테니까……

그런 생각을 하는 동안
결국 애들은 싸우기 시작하고,

한참을 씩씩대며 서로를 바라보다
다 함께 웃는 것으로

이 장면은 끝난다

그리고 기나긴 스태프롤

검은 화면을 지나면
다시 첫 장면이다

앞으로 벌어질 마음 아픈 일들을
알지 못하는 방학 직전 어느날의 교실

우리의 이야기는 이제부터 시작이야
여름을 통과하는 동안 우리는 또 어떤 성장을 할까,

그것을 궁금해하며

카메라는 천천히
여름의 푸른 하늘을 향해 움직인다

아카이브

이 계단을 오르면 집에 이른다

제비들이 창턱에 앉아 뭐라 떠들고 있다
그것이 여름이다

장미가 피는 것을 보며 여름을 알고
무궁화가 피는 것을 보며 여름인 줄을 알고

벌써 여름이구나

그렇게 말하는 순간 지난여름에도 똑같은 말과 생각을 했
다는 것을 알게 된다

그렇게 알아차리는 순간 이 알아차림을 평생 반복해오고
있다는 것을 알게 된다

그 순간마다 여름은 창턱을 떠나 날아갈 준비를 한다

이 계단은 집을 벗어난다

여름이 무리 지어 날아다니고 여름이 이리저리 피어 있는
풍경이다
　낮은 풀들이 한쪽으로 밟혀 누워 있다

　발자국은 보이지 않는다

　이 누적 없는 반복을 삶과 구분하기 어렵다는 생각이 이
시의 서정적 일면이다

사랑을 위한 되풀이

나는 이 이야기의 주인공은 아니다

나는 그저 마을 어귀의 그루터기에 앉아 사람들을 향해
욕을 하거나 소리 지르는 사람

내게 무슨 놀랍거나 슬픈 사연이 있는 것은 아니다 인적
드문 날 혼자 물소리를 듣는다거나 다른 이들 모르게 무슨
일을 하는 것도 아니다

내가 마을 어귀의 그루터기에 앉아 사람들을 향해 욕을
하거나 소리 지르는 사람이 된 것은

이야기가 시작되는 순간부터였다

내 역할은 이야기를 반전시키는 의외의 목격자 같은 것
이고
그 이후로 나는 나오지 않는다

여기선 물소리가 들리지도 않는다

이야기는 나도 모르는 새 끝나버렸다고 한다

아마 해피엔딩이었을 것이다 악을 물리치고 소중한 일상을 되찾지만 무고한 이들의 희생이 마음속에 언제고 남아 있다는 식의

수많은 사상(事象)을 짊어지고, 그 자체로 복잡한 인과가 되어버린 주역들에게 미래란 말은 조금 무거울지도 모르겠다

하지만 등장인물의 미래는 상상 속에만 있는 것이니까
믿고 맡겨야지 그 모든 미래를

끝 이후의 시간을

바야흐로 지금은 어떤 이야기 속의 봄날 저 여린 빛의 꽃은 피어 있는 채로 지지 않고 투명한 물은 흐르지 않는 고요한 동심원이고

나는 쓰러진 악과 함께 앉아 있다

비역사

밤의 수영장에
혼자 있었다

귀에 닿는 물소리 탓에
네 목소리가 들리지 않는다고 생각했다

너는 실내에서 나오지 않는다
너는 어디에서도 나온 적 없다

밤의 수영장을 혼자 걸었다
몸에 닿는 밤공기가 차가워
네가 만져지지 않는다고 생각했다

너는 실내에서
나오지 않는다

밤의 수영장에
혼자 있었다

보름달이 너무 크고 밝아
네가 보이지 않는다고 생각했다

너는 내 어깨에
손을 올린다

너는 어디에서도
나온 적 없다

시계가 없는 주방

왜 영혼 없이 말하느냐고 누가 물었기에
내 영혼이 없다는 사실을 알게 된 밤이었습니다

나는 내 영혼의 동반자와 영혼 없이 말하는 자들의 밤에
초대되었습니다

아는 얼굴이 많아 다행입니다

오랜만에 대화를 나누고, 사랑을 나누고, 먹던 음식을 나
누며 극진한 시간을 보냈습니다

거기에 영혼은 없습니다

다들 주방에서 음식을 만드느라 한창입니다
영혼 없는 닭고기 수프와 영혼 없는 잡채를 만들었습니다
영혼 없는 축사와 영혼 없는 웃음이 가득했습니다

영혼이 가출한 분이 영혼을 판 분과 영혼결혼식을 치른
것입니다 영혼 없는 주례사와 영혼 없는 박수 속에서 두 없

는 영혼이 조용히 걸어가는 것입니다

　나는 그 모습을 보며
　내 영혼의 동반자의 손을 잡습니다

　언젠가 우리도 함께할 날이 오지 않을까
　영혼 없이 생각해봅니다

　내가 놀란 것은 내 영혼의 동반자가 말했기 때문이었습니
다 무슨 말 때문이라기보다는 말을 했다는 사실 때문이었습
니다

　내 영혼의 동반자는 떠나갑니다
　내 영혼의 동반자는 음식이 맛있다고 말했습니다

　거기에 영혼은 없습니다

화면보호기로서의 자연

푸른 하늘 은하수라는 말이 항상 이상하다고 생각했어요
저는 어릴 적엔 은하수라는 말도 믿지 않았습니다

그것은 그와 내가 주고받은 말

나는 그에게 은하수를 직접 본 적이 있는지 물었고(무작
위로 자연을 소환하는 윈도우 잠금화면 때문이었다)

그는 갑자기 푸른 하늘인데 은하수가 어떻게 보이느냐 운
운하며 푸른 하늘 은하수 얘기를 시작한 것이었다

나는 식당에 혼자 앉아 밥을 먹고 있었다

"저 나무 멋지지 않아요?"
"무슨 나무요?"
"이따가 다시 말씀드릴게요"

얼굴 까만 남자애 둘이서 이야기를 하고 있었다 내 자리
에서는 고개를 돌려봐도 다 똑같은 나무뿐, 밥을 다 먹고 식

당 밖으로 나가봐도 무슨 이야기인지 알 수 없었다

그는 화성으로 떠나 몇달째 돌아오지 않는다
돌아오면 같이 천왕에서 살자는 둥 자기 고향인 수성이
좋다는 둥 그런 이야기도 했지만

그걸 다 믿고 있는 것은 아니다

여름이 온다거나 달이 밝다거나 태양풍이 어떻다거나
할 말이 없어서 하게 되는 이야기들뿐이니까

혼자서 멍청하게 앉아 있으면 화면에 무작위로 튀어나오
는 자연이 너무 예뻐서 그걸 갖고 싶다고 생각하게 된다

그는 굳이 옛날 윈도우 배경화면(파란 하늘 아래 푸른 언
덕이 그려진 그거)을 찾아 쓰는 타입의 사람이지만……

아마 그는 토끼 한마리나 계수나무 한 나무에는 관심이
없겠지

그에게 서쪽 나라로 갈 것이라는 이야기는 하지 않았다
돛대도 아니 달고 삿대도 없다

구름 없는 한낮의 하늘에는 하얀 반달이 떠 있을 뿐이었
지만……

나는 저 나무가 무슨 나무인지 알고 싶어서
식당 앞에 오래 서 있었다

서로 전혀 다른 가지를 뻗은 나무들이 똑같은 나무들의
모습으로 늘어서 있었다

사람을 막지 말라고, 호버보드에 탄 사람이 내게 말했고

집에 돌아가는 길은 어두운 밤, 저고도 인공위성들이 빛
나고 있다 예전에는 은하수를 눈으로도 볼 수 있고 성좌를
지도 삼아 움직일 수도 있었다나

나는 이 시의 시점을 조금이라도 미래처럼 보이고 싶어서
약간 장난을 쳐본다 그러나 미래는 오지 않았다

말을 잇지 못하는

너는 장화
나는 화분

꽃바구니를 생각했는데
물병만 깨졌지

지난겨울 우리가
학교 뒤편에 묻어둔 비밀은
이제 썩어 없어졌다

다음부터는 그러지 말자
그럼 되잖아

마치 다음이 있다는 것처럼 말하는구나

네가 분수, 말하자
한낮이 어두워지고

이제 우리에게 할 말은 없다고 생각했는데

너는 여름 나는 불안
나는 망각 나는 모과

교문 너머에서
다음이 오고 있었다

깨물면 과즙이 흐르는

설탕을 잔뜩 넣고 약한 불에 과일을 졸입니다
그러면 잼이 된다고 하더라구요

빵이나 비스킷에 발라 먹을 수도 있고, 파이를 만들어 먹
을 수도 있지요
어, 또 어디에 쓸 수 있지?

아무튼 설탕을 잔뜩 넣고 약한 불에 과일을 졸입니다

빵이나 비스킷을 준비해서(어쩌면 파이도 만들어서)
같이 나가기로 했으니까요

처음 해보는 일이지만 어렵지 않아요
시간이 조금 걸려요

바닥이 눋지 않게 주걱으로 잘 저어야 하고, 너무 졸여서
딱딱해지지 않도록 신경 써야 합니다

(이미 몇번 실패했고, 지금이 세번째 냄비)

그러는 사이 해는 지고, 울던 새들은 조용해지고,
모두가 집으로 돌아오는 시간입니다

과일 상자에 남은 과일들은 이미 다 말라버렸습니다 지금
쯤이면 그가 씻고 나와 뒤에서 안아주어야 하는데

앞으로 문은 십년 동안 열리지 않습니다

뒤로는 산처럼 쌓여 있는 잼통들……

잼은 대표적인 보존식이라 오래도록 먹을 수 있습니다
다행이네요

고딕

연못에 오리들이 떠 있다
저 오리들 다 기계인 거 알아요?

그는 나에게 그렇게 말했다
저희가 만들었어요

우리는 학교 연못가에 앉아 주말을 보내고 있었다

그는 새의 뼈를 모방해서 만들어진 알루미늄 조립 구조에
대해 말했다

또한 거기에 매달린 오리깃에 대해, 한마리의 기계 오리
를 만들기 위해 필요한 것은 진짜 오리 한마리분의 깃털이
라는 사실에 대해서도 말했다

그리고 회색기러기의 본능 동작과 자극에 의한 동작에 대
한 선구적인 비교행동학 연구가 없었다면

이 모든 것이 불가능했을 것이라고도 말했다

인공 연못 위를 떠다니는 기계 오리들은 가끔 물밑으로 자맥질하고, 그러다 날개를 퍼덕인다

　주말의 빛이 수면 위에 고여 있고
　오리들은 빛을 부수고 있다

　이 모든 것이 나를 위해 하는 말이라는 것을 나도 알고 있다

　아기 오리 한마리가 연잎 위를 기우뚱대며 걷고 있었다
　저 오리는, 그가 말한다

　저렇게 영원히 아기 오리인 채로 작동하는 거예요

　영원한 아기 오리에게는
　오리 반마리분의 깃털이 필요하겠지

　오리들은 아무것도 없는 공중에 대고 꽥 울어댄다

그는 이제 내가 말을 할 수 있을 거라고 말했다

현관을 지나지 않고

현관을 지나면, 이 현관을 지나면, 불 꺼진 거실이 보이고, 낡은 소파가 보이고, 그 소파에 누우면 서늘한 기분이 들겠지 식탁이 보이고, 식탁보가 보이고, 빈 의자가 보이고, 의자의 네발에 씌워둔 테니스공이 보이고, 꽃무늬 벽이 보이고, 벽에 붙은 연인의 오래된 사진이 보이고, 낮은 탁자와 그 위에 놓인 빈 쟁반이 보이고, 낡은 유리장이 보이고, 유리장 안으로 그릇이나 항아리 따위가 보이고, 항아리의 흐린 무늬가 보이고, 유리장은 닫혀 있고, 닫혀 있는 많은 문들이 보이고, 불은 꺼져 있고, 물 흐르는 소리가 들리고, 너는 언제까지나 물을 틀어두고, 그밖에는 아무런 일도 일어나지 않고, 현관을 지나면, 이 현관을 지나면, 물소리 말고는 아무 소리도 들리지 않고, 죽은 사람의 혼령을 마주하는 일이 자꾸 계속되겠지 현관을 지나면 그런 일이 벌어지겠지

그러니 앞으로는 이 집을 나가지 말자

생매장

(내가 공동묘지에 묻혀 있다면
나는 공동묘지에 묻혀 있습니다)

이 문은 열리지 않습니다 영혼의 인도자나 땅의 요정 같
은 것이 실존하지 않는다면

등장인물은 없습니다
등장귀신은 있습니다

공동묘지에 놀러 갔더니 시체가 벌떡 일어나는 것을 보고
깜짝 놀라기를 멈추면 거기서 끝입니다

영어의 관습적 표현으로 까닭 없이 오싹할 때를 두고
누군가가 너의 무덤 위를 걷고 있다고 한다던데

그저 평온하군요

(내가 공동묘지에 묻혀 있어도
나는 공동묘지에 묻혀 있습니다)

저는 그걸 압니다

비 내리는 날의 흙냄새, 발이 젖는 느낌, 서서히 온도를 잃어가는 손과 차갑게 들끓는 기분 같은 것들

그걸 모르는 사람은 없지만
저는 그걸 압니다

지금은 비도 오지 않지만, 사실은 문이 닫혀 있어서
비가 정말 오는지도 잘 모르겠지만

그래도 밖에서 비가 내리고,
오래된 나무는 벼락도 맞고,

그렇게 무슨 일이 벌어지지 않으면
긴장이 다 풀려버릴 텐데

공동묘지에서 깜짝 놀라기란 참 어렵군요

그러니까 이쯤에서 문을 열고 나가겠습니다

등장귀신은 아직 등장을 기다리고 있습니다

떡을 치고도 남은 것들

생송편 먹어본 적 있느냐고
삼촌이 물어봤습니다

그런 말은 들어본 적도 없다고 저는 대답했고요

쌀가루
검은콩
설탕이 아무튼 잔뜩
그런 유년기

떡을 치는 사람들이 있습니다
요즘도 떡을 치는 사람들이 있군요

거리를 걷다보면 이런저런 이벤트를 만나는데요
오늘은 그렇네요 떡이네요

떡판 위에 올려둔 찐 찹쌀을
치고
치고

또 칩니다

아저씨 둘이서 떡을 치는데
김이 모락모락 올라오고
아주 맛있겠다고

모두가 아저씨 둘이 떡 치는 것을 보며
그런 생각을 하고
인절미는 떡메로 많이 칠수록 맛있어진다는 거
모두가 알고 있으니까

(한낮은 푸르고 가로수는 울긋과 불긋이고 무엇인가 자꾸
깊어지는 중인 것 같았는데)

떡을 치는 아저씨들을 보며 저는 어쩐지 어릴 적 좋아했
던, 다시는 볼 수 없는 삼촌이 떠올랐고요

반죽을 주무르던 샌님 같은 삼촌의 흰 손이
자꾸 생각납니다

그후로 생송편은 먹어본 가운데 가장 강렬한 콩비린내로
기억되었고요

　생송편 얘기는 제 얘기가 아니고
　친구가 들려준 이야기였지만

　어느새 떡을 다 친 아저씨들은 한입 크기로 썬 떡에 콩고
물을 묻혀 나눠주네요

　인절미는 쫄깃하고 콩고물은 고소하고
　어릴 적부터 좋아했던 것만 같은 그런 맛이군요

　모두 떡을 먹고 싶어서 줄을 섰습니다

　(찬 바람 불어와 콩고물 흩날리며 무엇인가 깊어집니다)

그런 거 다 아는 거

저수지 옆 민물횟집에서 매운탕을 먹으면서
우리가 알게 된 것은

송어의 효능, 메기의 흙맛

창밖으로 보이던 잔잔하고 많은 물
저기 빠지면 죽겠지? 저런 데서 죽으면 민폐야

그런 대화들

소도시의 오래된 호텔, 낡았지만 깨끗하게 정리된 방
약간 놀랍고, 조금 지나서 생각해보면 무감동한

그런 거

앨범을 뒤적이면 멋대로 조작되는 유년의 기억 같은 거
아름다움은 없고, 가벼운 흥분만 남는

내부의 우리가 보았던 것은

수면을 가만히 들여다보는 사람

보이는 것은
사랑이 너무 지겨워서 자살조차 생각하지 못하는 얼굴

그런 두 사람의 얼굴이 창 너머의 저수지와 겹쳐서 이쪽
을 바라보고 있었다

너의 살은 푸르고

그날밤, 바다에서
우리가 보았던 것은

해변의 놀이공원,
부모와 아이 하나로 이루어진 현대적 가족,
요란스럽기만 한 불꽃놀이와
어떤 기대 속에서 몸을 붙여 걷던 연인들

"바다 냄새는 죽은 생물들이 내는 냄새래"
그렇게 말하던 너의 살은 푸르고 짠 냄새가 났지

그날 이후로
너무 푸른 것은 구분할 수 없었다

누군가의 발자국을 따라 홀로 걸었다

이제 해변에는 아무도 없구나

바닷가의 텅 빈 유원지,

출렁이는 검은 모래,
죽은 물새떼와 영원히 푸른 달빛

"너를 다시 볼 수 있어서 참 좋다"
네가 말했을 때, 나는 아무 말도 할 수 없었고

눈앞에 펼쳐진 밤과 바다가 구분되지 않는다
그것을 지켜보던 두 사람이 구분되지 않고,

너를 생각하는 이 마음이 무엇인지 구분되지 않는다

해변의 발자국은 끝없이 이어져 있었다
나는 천천히 걸어갔다 푸른 밤 속으로

어두운 숲의 주변

숲에 오면 여러 소리가 들린다

(새소리와 물소리, 나무나 풀이 부딪치는 소리, 마음이 약간 편안해지는 한편, 동시에 미세한 불안을 품고 있는 그런 소리)

너는 어쩐지 들뜬 목소리로 말한다

"왜 자꾸 우리는 숲으로 오는 걸까? 여기서 뭘 하는 것도 아니면서"
너는 왜 자꾸 그런 걸 물어보는 걸까? 궁금하지도 않으면서

그렇게 생각할 때는 무성한 나뭇가지들
사이로 빛이 흘러들어와 숲의 어둠과 맞서고 있었다……

이 시는 이렇게 어디로 가야 할지 알지 못하는 채로 숲속을 헤맸던 어떤 여름날의 이야기가 되었으면 좋겠다

긴 시간이 지나면
그때는 그랬지,

웃으면서 말할 수 있을 정도로 적당히 사소하고 또 이상
하게 잊을 수 없는 이야기가 되었으면 좋겠다

하지만 그런 일은 일어나지 않았다
우리가 깨어난 곳은 어두운 밤의 나라였다

(춥지도 덥지도 않은, 두렵지도 기쁘지도 않은, 높지도 낮
지도 않은, 멀지도 가깝지도 않은, 귀엽지도 징그럽지도 않
은, 좋지도 나쁘지도 않은)

아무것도 보이지 않는 곳이다

"왜 자꾸 우리는 여기로 오는 걸까? 여기서 뭘 하는 것도
아니면서"

네가 물었지만 대답하지 않았다

보도와 타일

기쁜 마음이 토요일 오후를 가로지릅니다

아름답다고 생각되는 풍경이
한없이 끝도 없이 펼쳐집니다

여름에는 여름꽃이 만발하고,
맨드라미는 붉은빛이고,
푸른 하늘 아래로 펼쳐지는 비석과 봉분들

당신을 선생님이라고 불러도 되겠습니까

무더위 속에서 땀을 흘리고 계시는군요
말하기 어려운 것을 털어놓듯이
사랑을 고백하고 계시는군요(그런데 왜 무덤가에서?)

검은 옷을 입은 분이
선생님을 바라보다 무덤가를 떠납니다

타일이 깔린 보도를 따라

보도의 지침을 따라 망설임이 없습니다

"너도 이 지옥에서 살아봐"

아, 선생님 생각이 다 들립니다
말풍선 모양을 잘못 넣으셨어요.;;

거기까지 알고 싶었던 것은 아닙니다만······
그러나 그것은 인간의 영역, 인간적인 실수입니다

아름답다고 생각되는 풍경이 펼쳐진 거대한 묘지를
가로질러 떠나가는 선생님이 한분

무덤 속에서 몸을 일으키는 사람이 또 한분
이런 곳에서도 이야기는 시작되는 것이겠지요

(그런데 이곳은 무덤가에 불과한데요 산 것은 온데간데없
고 은유가 진작에 떠났는데요)

기쁜 마음은 토요일 오후를 떠나
월요일 저녁에 갈 곳을 잃었답니다

토요일 오후는 여기 혼자 남아
아름답다고 여겨지는 풍경으로서의 무덤가와 함께

대묘지를 가로지르는 보도와 함께

갑니다 무덤에서 무덤으로
갑시다 요람에서 요람으로

무덤에서 몸을 일으킨 분은
정해진 타일 위를 따라 걷기 시작합니다

그것은 이야기가 안 되겠지요

요가학원

아, 시 계속 이렇게 쓰면
좋은 시인 못 되는데, 나도 아는데……

착한 사람 되라고 엄마가 말했는데 듣고도 그냥 흘리는
것처럼

좋은 시인이 되면 뭐 좋은 일이라도 있다는 것처럼
좋은 시인 못 되는 게 무슨 자랑이라도 된다는 것처럼

그렇게 놀기만 하면 훌륭한 사람 못 된다 그렇게 놀기만
하면 소가 되어버린다던 엄마의 말처럼

좋은 시인 못 되면
소라도 되어야지

신선은 아침에 먹고
짐승은 낮에 먹고
귀신은 밤에 먹는다는데(유진, 박한별 나오는 영화 「요가
학원」에서 봤음)

먹는 일에도 자꾸 미안한 마음을 가지게 되고
마음의 양식은 독서라는데 사랑의 음식은 사랑이라는데

쓸 게 없는 시인들은 맨날 시에 대한 시나 쓰고
나는 삼시 세끼 다 먹고 소가 되면 좋겠네

인찬아, 너는 은유를 못 쓰니까 가능하면 쓰지 말자,
그렇게 말씀하시던 선생님도 계셨는데

좋은 시인 못 될 거라 상관이 없네

내 마음은 호수요
그대 노 저어 오오

산에는 꽃 피네
꽃이 피네

······결국 나는 소가 되었고 이제 이 시는 소가 된 나의 이

야기가 된다

　그것은 우리에게 불가능한 목가적 풍경과
　그 평화로운 나날을 가까이에서 들여다보았을 때 드러나
는 참혹이라는 상상된 진실에 대한 집요하고 강박적인 관
찰과
　그렇기에 불가능할 수밖에 없는 사랑에 대한 지극하고 억
지스러운 긍정과
　그런 긍정을 딛고 다시 일어남으로써 가능해지는 다른 생
명들과의 환대를 암시하고자 숲과 대지를 비추며 점차 부감
하는 시선에 대한 메타적 인식과
　그런 장면의 한 귀퉁이에 놓여 있는, 다른 모든 소와 다름
없이 평화롭게 풀을 뜯어 먹고 있는 얼룩소 한마리로 구성
된다

　그런 풍경과는 무관하게
　소가 된 나는 뭐 이미 정육식당 어딘가에 놓여 있겠지

　그렇다 하더라도……

내 마음은 호수고 그대는 노 저어 오고
산에는 꽃이 피겠지 계속 피겠지

꽃피는 한우(집 근처 소고기집)에서는
소고기가 자꾸 익어가고

그런데 이 시를 다 써도 내가 아직 소라면 어떻게 하지?

정육식당에 가만히 놓여 있는 소고기가 된 나는
고기 냄새를 맡으며 생각을 해보는 것이다

그리고 이 시는 무능한 영화가 그러하듯이
천천히

천천히 위로 올라가며

아무것도 없는 곳을 비추려 한다

레슨

 피아노를 치는데 자꾸 음이 엇나갔다 도를 누르자 파, 파를 누르자 미, 신경 쓰지 않고 그냥 연주했다 솔솔미미레 쳤는데 도라도시라파 피아노를 치는데 자꾸 음이 엇나갔다 레슨을 끝내고 보도블록을 밟으며 집으로 갔다 불타는 집을 보았다

더 많은 것들이 있다

나는 지난밤도 보았고 지난밤의 폭죽 불꽃도 보았고, 그런 기억이 나에게는 있습니다 지금은 까마귀 소리가 들립니다 서울에서는 듣기 힘든 소리군요

폭죽이 터질 때 좋은 일도 있었습니다만 지금은 뜨거운 물이 바닥에 쏟아져 있습니다 사람이 많은 곳에서 분명 손을 잡고 있었는데, 그뒤로 무슨 일이 있었던 것일까요

지금은 아무것도 보이지 않습니다 벌써 이두운 밤입니다 육첩방은 남의 나라, 여름에도 다다미는 서늘하군요

나는 지난밤의 축제를 기억합니다 죽은 사람의 차를 타고 식사를 하고 온 것도 기억합니다 축제의 인파 속에서 죽은 사람과 입을 맞췄던 것도

횡단하는 것이군요 횡단이 불가능한 것이군요

밖에서는 외국어가 들려옵니다 무슨 말인지는 몰라도 즐거운 것 같습니다 지난밤의 한국어를 생각하면 슬픔이 찾아

옵니다만

실내에는 저 혼자뿐 아무도 없습니다

이런 일이 이전에도 있던 것 같습니다 그러나 사실 그런
일은 없습니다

빛은 어둠의 속도

아빠들은
나를 학교로 보내고
나는 혼자 그네를 탄다

언제나 이런 장면들뿐이라 조금 지겹지만
나는 해야 하는 일들을 한다

개미들이 죽은 잠자리를 끌고 가기 위해
애쓰는 모습을 지켜본다거나

눈 뜨기 직전의 싹이 매달린 가지를 부러 꺾는다거나
아이들로 가득한 운동장 한가운데서 세상에
나 혼자뿐이라고 생각한다거나……

나는 배운 대로 잘하는 편이다

나는 무단횡단을 하지 않는다
나는 약속 시간을 지킨다
나는 죽은 사람은 죽은 사람이라고 생각한다

나는 하루에 하나씩은 꼭 선행을 한다

내 옆자리 남자애는 내게 귓속말한다

어제 선생님이 자기 아빠를 불러
자기가 자폐증인 것 같다는 이야기를 했노라고

나는 그 남자애가 누구인지 모르지만
고개를 끄덕인다 나는 시키는 대로 잘하는 편이다

저녁의 교정은 크고 넓어서
누가 누굴 잡아가도 아무도 모를 것 같다

누군가 교실 문을 하나씩 열어보며 복도를 떠나간다

그러나 납치는 없었다
아이들은 집에 가지 못해 교실에 가득하고

이 시의 화자로
아직 학교를 다니는 아이는 다소 부적절하다

아빠들은 빈손으로
멍청하게 서 있는 나를 보며
아무 말도 하지 않는다

아무 해도 끼치지 않는 말차

하얗고 작은 잔에서
김이 피어오릅니다

기억나는 것은
인간을 그만두기로 마음먹던 때의
서늘한 공기와 말차의 씁쓸함

눈떴을 때 옆에 누운 것은
죽은 사랑의 얼굴

그런데도 그와 입을 맞추고 아침을 먹고
그를 보내는군요

시간이 없다며 그가 떠난 이곳에는 시간만 남아 있고
하얗고 작은 물 위에는 찻잎이 서 있습니다

찻잎이 서면 좋은 일이 일어난다고 누가 말했지만……

부서집니다

산산이

깨져나갑니다

그것은 발등이 뜨거워도
움직이지 않던 사람의 기억

사람의 목에 매달리던 사람의
목이 매달리던 날의 마음

전력을 다해
그만두고 싶습니다

화단의 철쭉에는
꽃망울이 매달려 있습니다
너무 많군요

마음은 너무나 작고

기억은 거의 부서져 있어서
이 시는 도약을 모릅니다

부엌 바닥에서
김이 피어오릅니다

발등은 너무 분홍빛이라
사진을 찍을 수도 있겠군요

이 시는 바닥에 흩어진 것이 모두 식고
다 말라 증발할 때까지 여기 한동안 머무르겠습니다

아프거나 슬픈 사람이 없어 다행이군요

사랑과 영혼

김승일의 시 「You can never go home again」은 어쩌면 우피 골드버그에 대한 이야기가 아니었을까 수녀이기도 하고 무당이기도 한 사람에 대한 이야기이니까

어떤 사람은 죽은 채로 잠들기도 한다

어떤 사람은 죽음이 공표된 채로 살아 있기도 하다

김승일의 시 「You can never go home again」은 집은 물론이고 어디로도 가지 않는다 우피 골드버그는 이런 말을 한다 "틀리면 지옥에 갑니다" 우피 골드버그는 이런 말도 했다 "저세상에 대해선 아무도 몰라요"

나는 생령으로서 거리를 헤맨다
우피 골드버그는 사기꾼 무당이자 가짜 수녀이기에 말 들어줄 이는 없다

김승일의 시 「You can never go home again」은 무당인데 수녀이며 스님인 희정씨에 대한 이야기를 한다 우피 골드

버그는 수녀도 무당도 아니고 스님은 더더욱 아니고 배우일
뿐이다

　그것은 사실일 뿐 중요한 일은 아니다

　생령인 나는 집으로 향한다 집으로 다시는 돌아갈 수 없
음에도 그렇게 한다

소무의도 무의바다누리길

끝이 보이는 바다는 처음이야
너는 말했지

한국의 바다에는 끝이 있다 세계의 모든 바다에도 끝이
있고, 바다 건너 어딘가에 세상의 모든 것이 다 있다는 그런
이야기에도 끝이 있고

바다에 끝이 없다고 누가 했는지

파도에는 끝이 있고, 해변의 모래에는 끝이 있고, 바다의
절벽에도, 바다 절벽 위의 소나무에도, 파도가 깎아놓은 몽
돌에도 끝이 있는데

아직 우리는 끝을 보지 못했구나
그런 생각들 속에서

끝이 있는데도 끝이 나지 않는 날들 속에서

사랑을 하면서

계속 사랑을 하면서

우리는 어디를 둘러봐도 육지가 보이는 섬의 해변에 앉아
있었다

돌아가는 배 위에서는 멀미를 하는 너의 등을 두드리며

이렇게 계속되는 것이구나
생각을 했고

역치

"나 왔어"
어느 저녁 아무도 듣지 않을 말을 하며 돌아왔을 때,

죽은 연인이 네 방 의자에 앉아 있다면
너는 기쁨과 두려움 속에서 입을 맞출 것이다

입술은 차갑고
실내는 어두울 것이다

살아 있는 것이
어디에도 없다는 것을 알아차릴 것이다

그렇게 모든 것이 시작될 것이다

너는 굳어버린 연인의 손을 잡아 함께 장을 보고
저녁으로는 탕을 끓여 먹을 것이다

과일을 깎으면 연인의 입에 넣어줄 것이다

그렇게 모든 것이 지나가는 것이다

뉴스를 틀어둔 채로 두 사람이 마주 보고 있을 때는
참을 수 없는 기분 속에서 다시 입을 맞출 것이다

입술은 차갑고 실내는 어두울 것이다

그러다 이것이 무슨 감정인지 알아차리는 것이다

어떻게 된 거야, 차마 묻지 못하고
미안하다는 말만 되풀이하는 것이다

그리고 모든 것이 시작되었다

청기가 오르지 않고

청기를 올리라는 명령이 있고

청기를 올리지 말고 백기를 내리라는 명령이 있고 나무가
자라는 저녁이 온다고 하면 나무가 자라는 저녁이 온다 광
복된 것처럼 손을 들라는 명령도 있고

여보세요, 말하면 거기를 봐야 하고
미세요, 말하면 밀어야 한다

저녁의 연인들은 명령을 예감하며 두 손을 잡고 열차가
들어오면 노란 선 밖으로 물러나라는 명령이 있고 더 잘 실
패하라는 명령이 있을 수도 있지만

오른쪽으로 걸어야 합니다
그런 명령이 내려지면 사람들은 오른쪽으로 걷고

그러면 아무도 다치지 않는다

온 거리에 청기를 올리고 백기를 올리고 그런 명령이 내

려지고 환경을 아낍시다 네 이웃을 네 몸과 같이 사랑합시
다 공중을 올려다보면 온통 그런 명령들이고

저녁이 지나면 밤은 명령을 내리고,
그러면 모든 것이 잠들고, 모든 것이 평화롭고, 꿈도 없이
깊고 편한 잠에 빠지고,

나는 디 헹이라고 생각하며 이제 그만 철기를 내리라는 명
령을 내렸다

지난밤은 잘되지 않았다

새가 두 발로 깡총거린다 새가 두 발로 새를 낚을 거야 그러면 새가 두 발로 슬퍼할 거야 어제는 동이 텄고, 오늘은 동이 트고, 어제는 비가 왔지만 오늘은 모를 거야 새가 두 발로 뛰어오를 거야 새가 두 발로 부리를 긁는다 새가 두 발로 머리를 잡는다 새가 두 발로 날개를 찢을 거야 새가 두 발로 새를 날려 보낼 거야 나는 머리를 긁으며 차를 마셨다 어제는 밤을 새웠기 때문이다 새가 두 발로 땅을 팔 거야 새가 두 발로 거기 누울 거야 나는 지난밤도 보았고 지난밤의 폭죽 불꽃도 보았다 새가 두 발로 외로움을 연출한다 새가 두 발로 새를 포기할 거야 새가 두 발로 저녁을 잡는다 새가 두 발로 그걸 죽일 거야 나는 어제 만난 사람들의 얼굴을 떠올리지 않았다 나는 지난밤에 느낀 기분을 떠올리지 않았다 새가 두 발로 울어버린다 나에게는 미래가 있구나 나에게는 미래가 없구나 하는 것같이 새가 두 발로 두 발을 버릴 거야 새가 두 발로 슬픔을 지운다 새가 두 발로 입을 맞추고 새가 두 발로 사랑을 하고 새들도 세상을 뜨는구나 뜨지 않을 수도 있지만 새가 두 발로 숲을 조성한다 새가 두 발로 빛을 가릴 거야 그렇게 할 거야 차는 이미 다 식어버렸지만 새가 두 발로 떠날 거야 떠났을 거야

우리의 시대는 다르다*

"밤의 천사는 밤에 찾아와
사람의 뺨을 만지며 축복하는 천사입니다"

이 구절은 습작하던 시절 적어둔 메모에서 발견한 것입니다 불안과 평온함이 어쩌고 하는 그런 시를 생각했던 것 같은데 왜 뺨을 만지며 축복을 하는지, 축복은 무엇인지, 왜 밤의 천사인지, 스스로도 까닭을 알 수 없어 쓰기를 그만두고 말았습니다

그런데 밤의 천사가 밤에 찾아와
우리의 두 뺨을 만지고는 놀라 떠나가는군요

그리고 이 시는 가까스로 시작에서 멀어지는 것입니다 너무 급해서 급하게 찾아간 서울역 근처의 모텔, 손잡고 있는 나와 그를 보자 있던 방이 사라지는 것처럼

무서운 영화를 보면 잠들지 못하던 어린 시절, 나도 인간이 되고 싶다던 어린 요괴를 본 뒤로 아직 잠들지 못하는 것처럼

나도 잡아가라
그렇게 외쳐도 아무도 잡아가지 않는 것처럼……

이것은 사람의 말이 아닙니다

그러므로 피어나는 것은 꽃이 아니고, 잡혀가는 것은 사
람이 아니고, 무너지는 것은 마음이 아니고

사람이 꽃보다 아름답다면
이것은 아름다움이 아니군요

이 시는 군대에 있는 동안 다시 써낸 시입니다
이 시는 군대에 있는 동안 발표할 수 없던 시입니다

그와 함께 종로삼가까지 가는 택시를 잡아타고서, 이런
일은 시로는 못 쓰겠지, 그런 생각을 하며 그의 손을 꼭 잡는
일도 있었지만

이것은 시가 아닌 것 같으니까요
이것이 시가 아니라고 생각한다면……

방에서 가만히 서로의 심장에 번갈아 귀를 대보고는 아무
소리도 들리지 않아서 놀라는 두 사람처럼
그뒤로 영원히 잠들지 못해 충혈된 두 눈으로 서로를 마
주 보는 두 사람처럼

아주 닳고 닳은 어떤 은유 한쌍처럼

……나는 두렵지가 않습니다

그러나 이것이 시라서, 그저 형편없는 시라서,

두려움과 함께, 지옥 같은 불면과 함께, 이것이 시가 아니
었으면 좋겠다는 그런 비열한 소망과 함께

사람 아닌 것들과 함께

사람의 거리를 걷습니다 나에게 사랑은 없고, 사랑 같은
것은 사실 관심도 없지만

사람 아닌 자가 사람의 거리를 걷는다는 기쁨만으로
즐거움과 쾌감만으로
쾌감에 중독되어버린 사람의 비참한 황홀함으로

시청에서 다시 시청까지
밤에서 다시 밤까지

이것이 그저 형편없는 시이기 때문에
이것은 사람은 안 해도 될 말

마지막 장면으로는 천사와 밤새 씨름을 하다 허벅지를 다
치고 천사의 축복을 받았다는 야곱의 이야기

축복이라도 받을까봐 씨름은 안 하고 싶다는 그런 이야기

나는 걷고 있습니다 허리와 목을 반듯이 세우고

턱은 조금 들어 올리고

방금 누군가를 죽이고 왔다고 생각하는 사람의 표정으로

* 2017년 4월 7일 성소수자차별반대 무지개행동이 주최하고 대학
성소수자모임연대 QUV가 주관하는 성소수자 촛불문화제가 열
렸다. '변화는 시작됐다, 우리의 시대는 다르다'라는 제목 아래
많은 이들이 모여 우리가 되었고, 그 순간 우리의 시대가 열리기
시작했다. 내 친구 권순부는 같은 달 한겨레에 '우리의 시대는
다르다'라는 제목의 칼럼을 기고했다. 그것은 이렇게 말하는 것
처럼 읽혔다. 우리의 시대가 도적같이 이른 줄을 너희가 모르
느냐.

그것은 가벼운 절망이다 지루함의 하느
님이다

이 시에는 이미지가 없고
관념이 없고
기쁨이 없었으면 좋겠다

당신이 떠올리는 온갖 좋은 것들이 이 시에서는 모두 지
워지면 좋겠다 그렇게 지워지는 시

바람이 소리 없이 소리 없이 흐르는데
눈물외 그날 밤에 상이 혼자 올고 있나

송창식은 노래하고 송창식은 방이 넓어서 갈 곳이 없다면
좋겠다 우연히 얻은 것을 우연히 얻었다는 이유로 부끄럽게
여기는 삶에 대해 생각해보았다면

그 생각을 여기 적지 않는 것이 나의 바람이다

사랑에 빠졌을 때 느끼는 참을 수 없는 기쁨과 배를 앓는
듯한 불안을 그리는 순간이 없으면 좋겠다

영원히 계속되는 미래가 오지 않는다면 좋겠다
아침도 오지 않는다면 더 좋겠다

무익한 건 좋다고 해놓고, 무해한 건 악한 일이라 말하는
일도 이젠 아무래도 좋겠다

이 시에는 기쁨이 솟아올라 남은 것이 없다면 좋겠다
기쁨은 놀라움과 안심이 겹쳐질 때 만들어지고

그것이 손쉽게 사랑으로 이어지지는 않았으면 좋겠다
어렵게도 이어지지 않았으면 좋겠다는 것이
나의 바람이지만

비가 내리고 음악이 흐르면
이 방에는 사랑이 흘러가고 관념만 남아서
그저 기뻐하기만 있으면 좋겠다

당신이 생각할 수 있는 모든 좋은 것이 이 시에 담겨 영영
이 시로부터 탈출하지 못한다면 좋겠다

그것을 미래라고 부를 수 있다면
그것이 손에 만져지는 돌이라면 좋겠다

그 돌을 먼 바다에 던질 수 있으면 좋겠다

바닷속 깊은 곳을 향해 느리게 침잠하는 그것을 사랑이라
부른다면

이 시에는 사랑이 없다면 좋겠다

어디선가 들려오는 노래 같은 것이 어디에도 없다면 좋
겠다

그저 늘어지기만 하는 이 글이 시라면 좋겠다
시가 아니라면 정말 좋겠다

이 시에는 이미지가 없고 관념이 없고 사랑만 남는다면
좋겠다

그것이 사랑이 아니라면 좋겠다
정말 좋겠다

"내가 사랑한다고 말하면 다들 미안하다고 하더라"

공원에 떨어져 있던 사랑의 시체를
나뭇가지로 밀었는데 너무 가벼웠다

어쩌자고 사랑은 여기서 죽나
땅에 묻을 수는 없다 개나 고양이가 파헤쳐버릴 테니까

그냥 날아가면 좋을 텐데,
그런 일은 일어나지 않는다

그날 꿈에는
내가 두고 온 죽은 사랑이
우리 집 앞에 찾아왔다

죽은 사랑은
집 앞을 서성이다 떠나갔다

사랑해, 그런 말을 들으면 책임을 내게 미루는 것 같고
사랑하라, 그런 말은 그저 무책임한데

이런 시에선 시체가
간데온데없이 사라져야 하는 법이다

그러나 다음 날 공원에 다시 가보면
사랑의 시체가 두 눈을 뜨고 움직이고 있다

부서져버린

어떻게 끝내야 할까,
그런 고민 속에서 이 시는 시작된다

문이 열리는 것이 좋을까, 영영 닫혀 있는 편이 좋을까, 아
니면 문이 열렸지만 아무도 없었다는 결말은 어떨까

⋯⋯그런 생각 속에 있을 때,

"우리 이야기 좀 하자"

맞은편에서 그런 목소리가 들려온다면 어떨까 목소리가
들려오면 이야기라는 것이 시작되겠지

어떤 목소리는 이야기와 무관하게 아름답고, 어떤 현실은
이야기와 무관하게 참혹하고, 그런데도 이야기를 하자는 사
람이 있구나

이야기라는 것은 또 대체 무엇일까

창밖은 어둡고 금방이라도 비가 내릴 것 같다

창에는 창밖을 내려다보는 내가 반사되고, 여길 좀 보라
는 목소리가 있고, 또 이제 그만 끝내자는 목소리가 들려오
고, 그런 일이 이어진다면 어떨까

그렇다면 어떻게 끝내야 할까,

영원한 폭우 속에 갇혀버린 채로 끝난다면 어떨까, 문을
열고 나가니 전혀 다른 골목에 도착한다면, 어쩌면 영원히
계속되는 이야기로 이야기를 끝낼 수도 있겠지

밖에서는 비가 내리고 있다
그렇게 끝내면 정말 끝나버릴 것만 같다

"우리 이야기 좀 하자"

이렇게 이 시를 끝내기로 했다
창밖을 멍하니 바라보는 네게 말을 건네며

남아 있는 나날

마당에 체리나무를 심었는데
자두가 열렸어

연못에는 하늘이 비치고 있고
모르는 새들은 연못 속에 있어

내가 살지 않는 집
내가 만들지 않은 마당

나는 그냥 여기 있어 기다리는 것은 없지만

나무는 빛을 받아 더욱 초록색이야

얼른 밤이 오면 좋겠어
사랑하는 사람들은 그렇게 생각한대
이 시는 밤이 오기 전에 끝날 거야

자두를 씻어 왔는데
아주 달고 새콤해

아직 오지 않은 사랑의 되풀이

조대한

1. 언젠가 세상은 영화가 될 거라던데

그런 만화영화가 있었다. 과거의 한 장면 속으로 주인공이 뚝 떨어져 이야기가 시작되는 영화. 주인공은 이계의 시공간 속에서 부끄러웠던 혹은 끔찍했던 지난 기억과 다시 마주친다. 모든 정보와 기억을 지닌 주인공은 되돌아온 시간을 자신에게 유리한 쪽으로 끌고 가려 하나, 주인공의 바뀐 선택과 행동 때문인지 그가 의도한 대로 흘러가지 않는다. 그러다 이야기가 결국 새드 엔딩에 다다르면, 마치 누군가가 리셋 버튼이라도 누른 것처럼 처음의 장면이 다시 시작된다. 다만 그 뒷이야기에 대해서는 잘 기억이 나질 않는다. 흥미로운 설정이 소개되는 초반부가 지나간 뒤, 영화의 서사는 다른 에피소드로 넘어가며 이내 흐지부지되었던 것 같다. 그때 그 이야기의 주인공은 어찌 되었을까. 그는 반복되는 과거의 루프에서 빠져나와 새로운 미래의 삶을 살아가고 있을까, 아니면 아직도 같은 시간 안에 갇혀 조금씩 다른 선택지들을 곱씹고 있을까.

황인찬의 세번째 시집 『사랑을 위한 되풀이』에서도 반복되는 세계의 풍경 하나를 꺼내볼 수 있다. 풍경의 세목들은 매번 다르지만 그것은 대개 "어떤 여름날의 이야기"(「어두운 숲의 주변」)일 것만 같다. 그 화면에는 한여름과 어울리도록 자라난 푸른 풀과 나무들이 담겨 있기도 하고, 축제가 벌어지는 여름밤이 아스라이 그려지기도 한다. '나'는 해변의 놀이공원을 요란스럽게 만들었던 불꽃놀이를 회상하거나(「너의 살은 푸르고」), 여름의 바닷가를 산책했던 불투명한 기억의 발자국을 되짚어나간다(「사랑과 자비」). 한데 지난여름의 추억을 그리던 나의 시는 종종 재생이 끝난 영상처럼 어느 순간 종료되곤 한다. 그 여름의 "이야기는 나도 모르는 새 끝나버"리고, "상상 속에만 있는" "등장인물의 미래"(「사랑을 위한 되풀이」)는 끝내 상영되지 않는다. 과거에서 탈출하지 못했던 만화영화의 주인공처럼, 나는 시작과 끝이 정해진 어떤 이야기 속에 갇혀 있는 것 같다.

다 함께 모여서 방학숙제를 했지
무슨 애니메이션의 한 장면처럼

그것은 여름 내내 여러 마음이 엇갈리고, 지구의 위기까진 아니어도 마을의 위기쯤은 되는 사건을 해결한 뒤의 일

아이들이 하나의 테이블에 둘러앉아 있는
이 장면은

불안하고 섬세한 영혼의 아이들이 모험을 마치고 일상을 회복하였으며, 앞으로도 크고 작은 모험을 통해 작은 성장을 거듭해나갈 것임을 암시하는

그런 여름의 대단원이다

물론 중간에 다투기 시작한 아이들 탓에 결국 숙제는 끝내지 못할 테지만

뭐 어때, 숙제는 언제나 남아 있는 거잖아(웃음)

(…)

그리고 기나긴 스태프롤

검은 화면을 지나면
다시 첫 장면이다

앞으로 벌어질 마음 아픈 일들을
알지 못하는 방학 직전 어느날의 교실

우리의 이야기는 이제부터 시작이야
여름을 통과하는 동안 우리는 또 어떤 성장을 할까,

그것을 궁금해하며

카메라는 천천히
여름의 푸른 하늘을 향해 움직인다

—「재생력」 부분

　위 시편 속에 등장하는 아이들은 "무슨 애니메이션의 한
장면처럼" 함께 모여 여름방학 숙제를 한다. 여름이 되면 으
레 삽입되는 약간의 이벤트와 모험, 그로 인해 발생하는 인
물들 사이의 엇갈리는 마음으로 이 애니메이션은 한 계절의
에피소드를 무사히 완성하는 듯하다. 박상수 평론가는 황
인찬 시인의 시집 『희지의 세계』(민음사 2015)를 분석하는 글
에서, '세카이계'라는 용어를 사용한 적이 있었다. 잘 알려
져 있듯 그것은 주인공의 행동이나 감정이 곧바로 전 세계
의 위기와 등치되는 장르적 상상력을 일컫는 말이다. 이 같
은 세계관 속에서, 주인공 주변의 고난과 위기는 그의 성장

서사를 위해 안배된 장치에 가깝다. 위 작품 또한 등장인물들의 성장을 위해, "지구의 위기까진 아니어도 마을의 위기쯤은 되는 사건" 정도는 마련해놓고 있다. 무엇보다 이 분석틀이 매력적인 것은 시 속에서 느껴지는 기이한 시점의 전능감을 설명해주기 때문일 것이다. "(웃음)"과 같이 괄호 속에 담긴 몇몇 표현들은 시를 통어하는 외부자의 시선을 상상케 한다. '우리'라는 대명사를 사용하는 것으로 미루어보아 발화자는 분명 일인칭의 '나'일 텐데, 화면을 바라보며 남기는 듯한 그 코멘트들은 해당 존재가 과거의 시간에 속한 이가 아니라 사후적으로 삽입된 자임을 뚜렷이 드러낸다. 세계의 패턴과 엔딩을 모두 꿰고 있는 이 메타적 존재는 아이들의 숙제가 결국 끝나지 않을 것임을, '이 장면'이 처음부터 다시 시작될 것임을 이미 잘 알고 있는 듯하다.

하지만 이 시는 동시에 알 수 없는 무력감을 느끼게도 한다. '나'는 반복되는 장면을 속속들이 다 알고 있으나, 그 장면의 뒷이야기를 새로이 써나가지는 못한다. 약속된 여름의 풍경과 일상이 모두 지나가면, 영화의 종결부에 들어선 듯이 "기나긴 스태프롤" 자막이 올라간다. 그리고 시는 곧 "검은 화면을 지나" "다시 첫 장면"으로 돌아간다. 거듭 재생되는 화면 속에서 우리들은 앞으로 벌어질 사건들과 마음 아픈 일들을 알지 못하는 표정으로 똑같은 무대 위에 오른다. 나와 아이들은 다시 여름을 나고 또 한번 성장을 이룰 것이다. 그러나 프레임 안에 들어간 장면만을 재생할 수 있는 카메라처럼, 나의 시선은 이 시가 만들어놓은 세계의 바깥과 이후에 펼쳐질 미래의 삶에까지는 가닿지 못한다. 시인의 표현대로 아마도 이것은 영화가 아닐 테지만, 이 시는 "무능한 영화가 그러하듯이" "아무것도 없는 곳을 비추"(「요가학원」)며 종결될 뿐이다. "이 시의 시점을 조금이라도 미래처럼 보이고 싶어" 다른 선택지를 곱씹었던 나에게도 어쩐지 새로운 "미래는 오지 않"(「화면보호기로서의 자연」)을 것만 같다.

2. 내가 사랑한다고 말하면 다들 미안하다고 하더라

되풀이되는 이야기의 세부를 조금 더 자세히 구성해보자. 그 속에서 느껴지는 계절감이 여름에 기깝다면, 함께 등장하는 인물들을 나의 '친척'으로 그려봐도 좋겠다. 이 시집에는 친척들이 가득한 거실에서 리코더를 불고 있는 조카의 모습이라든가(「피리를 불자」), 대청마루에서 사촌들과 둘러앉아 혀가 얼얼해지도록 꿀을 빨고 있는 장면이라든가(「여름 오후의 꿀 빨기」), 친척들이 모두 물놀이를 하러 떠난 사이 단둘이 남은 사촌과 나눴던 어색한 대화(「생과 물」) 같은 것들이 심심치 않게 등장한다. 그런데 내가 매번 "친척에 대해 생각"할 때마다 "어쩐지 죄송해지는"(「죄송한 마음」) 마음이 드는 것은 왜일까?

「아무 해도 끼치지 않는 말차」라는 시편이 있다. 작품 속에는 제목처럼 말차가 놓여 있는 장면이 그려진다. 하얗고 작은 찻잔에는 말간 김이 피어오르고, 물 위에는 신기하게도 찻잎이 오뚝 서 있다. 하지만 "찻잎이 서면 좋은 일이 일어난다"는 일본의 미신과 달리, 그곳에서 일어난 일들은 무언가 부서지고 깨져나간 형태에 가깝다. 그 부서짐은 두가지 측면에서 발생한다. 하나는 실제로 찻잔이 깨져 발등이 빨갛게 데어버린 것이고, 다른 하나는 죽음에 이른 사랑 때문에 산산이 부서져버린 나의 기억에 관한 것이다. 나는 조각나버린 그 장면을 되살리기라도 하려는 것처럼, "바닥에 흩어진 것이 모두 식고/다 말라 증발할 때까지 여기 한동안 머무르겠"다 말한다.

비슷한 정황이 「더 많은 것들이 있다」라는 시편에서도 발견된다. 작품 속엔 지난밤의 축제, 폭죽의 불꽃, 까마귀 소리, 여름에도 서늘한 다다미의 촉감 같은 것들이 담겨 있다. 한데 무슨 일이라도 일어났던 것인지 "지금은 뜨거운 물이 바닥에 쏟아져 있"고, 실내에는 나만 홀로 남겨져 있다. 아마도 그것은 내가 "죽은 사람의 차를 타고 식사를 하고", 심지어 "죽은 사람과 입을 맞췄던" 지난밤의 기억과 이어지는 장면인 것처럼 보인다. 데이트를 했던 누군가가 어째서 죽은 사람으로 서술되는지 명확히 알 수는 없으나, 앞서의 작품을 떠올려본다면 그것은 부서진 혹은 실패한 사랑과 관련된 감각일지도 모르겠다. 실제 이 시집에서는 죽음, 무덤, 귀신, 밤, 요괴 등의 시어들이 사랑하는 존재의 정체성과 밀접

하게 맞닿아 여러 이미지로 변주된다. "사랑의 시체"(「"내가 사랑한다고 말하면 다들 미안하다고 하더라"」)는 악몽처럼 계속하여 나를 찾아온다. 죽음에 이른 그 사랑의 이미지는 무언가를 깨트려버린 나의 잘못, 또는 이유를 알 수 없는 모종의 죄의식과 연관되어 있는 듯싶다.

아직 어두운 밤입니다

야광별이 박혀 있는 천장을 올려다보며 언제쯤 멈출 수 있을까 생각합니다 끝이 어딘지 알아야 할 텐데

알 도리는 없습니다
그래도 직진에

직전에 멈추지 않으면 안 돼요
멈추지 않으면

다 끝나버리니까

지난여름에는 해변에 흩어져 있는 발자국들을 보며 지난밤의 즐거웠던 춤과 사랑의 기억 따위를 떠올렸습니다만 지금은 좁은 침대에 누워 어깨를 움츠린 채

잠들어 있는 옆 사람을 살짝 밀어볼 뿐입니다
—「이것이 나의 최선, 그것이 나의 최악」부분

즐거웠던 지난 일들에 대해 한참 이야기했다

폭죽 불꽃이 터져오르는 해변에서 불을 피우며 여럿이 어울
려 춤을 추었던 그 밤과 다음 날 아침에 눈을 떴을 때 태풍이
찾아와 살풍경한 해변을 웃으며 걸었던 일 따위에 대해 아주
짧았고 그래서 충실했던 날들에 대해

  손을 잡은 채로,
  손에 매달린 아름다운 깃을 서로 모르는 척하며

그렇게 그 장면은 끝난다

이제 이 시에는 바다를 떠올린다거나, 바다에서 있었던 일
이 우리에게 미친 영향과 그 생활 따위에 대한 이야기가 나오
지 않는다

이제 말할 수 있는 것은

그 여름과 그 바다가 완전히 끝나버렸는데도 아무것도 끝난
것이 없었다는 것에 대한 것이고

영원히 반복되는 비슷한 주말의 이미지들에 대한 것이고
내 옆에 누워 조용히 잠들어 있는 그의 얼굴을 바라보며 느
끼는 소박한 기쁨과 부끄러움에 대한 것뿐

그렇게 삶이 계속되었다
                    ──「이것이 나의 최악, 그것이 나의 최선」 부분

인용된 첫번째 작품을 보면, 어두운 밤에 천장을 바라보
며 누워 있는 '나'의 모습이 비친다. 나는 무언가를 멈춰야
한다고 거듭 다짐하는데, 중단의 대상이 무엇인지 명료하
게 밝혀져 있진 않다. 나는 지난여름 해변에서의 "즐거웠던
춤과 사랑"을 떠올리다가, 문득 옆에 누워 있는 사람을 보며
직진에 멈춰야 한다는 생각에 다시 사로잡힌다. 이와 같은
감정의 대비와 시적 정황으로 미루어 짐작해보건대, 아마도
나는 지난 계절 생겨난 묘한 감정을 이제 더이상은 진전시
키면 안 된다 생각하고 있는 듯싶다. 두번째 작품에서도 여
전히 '나'는 "폭죽 불꽃이 터져오르는 해변에서" "여럿이 어
울려 춤을 추었던 그 밤"과, 그와 함께 "해변을 웃으며 걸었
던" 지난여름의 추억을 떠올리고 있다. 마찬가지로 옆자리
에는 그가 누워 있다. 이 두편의 시는 언뜻 같은 장면을 되풀
이하는 듯 보이고, 나와 그 사람은 그 반복되는 시간 속에 갇
혀버린 등장인물인 것만 같다.
  두 작품의 미묘한 차이를 발견하기 위해서는 양쪽의 제

목을 먼저 들여다봐야 할 듯하다. 「이것이 나의 최선, 그것이 나의 최악」과 「이것이 나의 최악, 그것이 나의 최선」은 언뜻 대칭을 이루는 말장난처럼 보이고, 서술이 교차된 '이것'과 '그것'의 의미 또한 별달리 구분되지 않는 듯 느껴지기도 한다. 그러나 두 단어가 발화 주체와 대상 사이의 거리에 따라 뜻의 차이를 보이는 지시대명사라는 점, '이것'보다는 '그것'이 나에게서 보다 멀리 떨어진 무언가를 가리킨다는 점을 고려했을 때, '그것'은 '그 여름' '그 바다' '그 밤' '그 장면' 등 지나간 과거와 한데 묶이는 지시어인 듯싶다. 시집 2부의 시작과 끝을 차지하고 있는 이 시편들의 순서가 어떤 의도 아래 배치된 것이라면, 최악에 가까웠던 과거의 기억들이 최선의 그것으로 변화한 사실에 논의의 초점을 맞춰볼 수도 있을 것 같다. 잘못과 죄의식으로 점철되었던 부서진 과거의 기억은, 일정한 시간과 반복을 거쳐 도착한 두번째 작품으로 인해 작은 기쁨의 이미지로 되살아났다. 죽음처럼 끝나버렸던 그 장면을 계속되는 삶으로 변화시킨 두 작품 사이의 시차와 "누적 없는 반복"(「아카이브」)은 과연 어떠한 의미일까.

3. 우리의 시대는 다르다

시인이 직접 밝히고 있는 것처럼, 이 시집의 제목은 전봉

건의 첫 시집 『사랑을 위한 되풀이』(춘조사 1959)가 60년의
시차를 지나 다시 도착한 것이다. 동명의 표제작에서 전봉
건은 산산이 부서지고 깨어진 한국전쟁의 끔찍한 시공간을
작품 안으로 끌고 들어온다. 그가 과거의 장면을 떠올리게
된 것은 오늘 이파리 같은 어린아이들을 만났기 때문이다.
전쟁 중에 태어난 것으로 짐작되는 이 아이들이야말로, 포
탄보다 더 뜨겁게 불타올랐던 당시의 사랑의 증거가 아니겠
느냐고 그는 외친다. 전후 달라진 시대의 지반과 칠년의 간
격을 두고 도착한 아이들의 모습이, 그의 끔찍했던 과거를
사랑의 시간으로 뒤바꾼 셈이다. 그렇다면 지금 이 시대의
지반 위에서 황인찬 시인이 달리 복원하고자 하는 조각난
기억과 사랑의 정체는 무얼까.

「우리의 시대는 다르다」라는 시의 제복은 각주에 언급되
어 있듯, 2017년에 열렸던 성소수자 촛불문화제의 표제인
'변화는 시작됐다, 우리의 시대는 다르다'에서 차용된 것이
다. 시의 도입부에는 "밤에 찾아와 사람의 뺨을 만지며 축
복하는" "밤의 천사"가 등장한다. 한데 천사는 '나'와 '그'
의 뺨을 만지고는 이내 놀라서 달아나버린다. 달아난 이유
를 명확히 알 수는 없지만, 그 천사가 사라지는 모습이 마치
"손잡고 있는 나와 그를 보자 있던 방이 사라"졌던 "서울역
근처의 모텔"에서의 기억과 겹쳐지는 것은 왜일까. 천사가
축복해주지도, 그렇다고 요괴가 잡아가지도 않는 나는 사람
이 아닌 것처럼 느껴진다.

각주의 정보나, 시적 정황, 종로삼가 등의 기표에서 어렵지 않게 동성애와의 관련성을 떠올릴 수 있을 것이다. 그러니 당연하게도 "군대에 있는 동안 다시 써낸" 이 시는 "군대에 있는 동안 발표할 수 없던 시"이다. 그곳은 동성 간의 사랑이 법으로 금지된 장소이자, 최근까지도 동성애자를 색출하라는 지침이 통용된 곳이기도 하다. 종로까지 가는 택시 안에서 나는 그의 손을 꼭 잡은 채 "이런 일은 시로는 못 쓰겠지" 하고 자조하듯 되뇐다. 나와 그가 손을 마주 잡은 일은 사랑이 될 수 없고, 시가 될 수도 없는 것 같다. 그리고 "이것이 시가 아니라고 생각한다면" 오히려 "나는 두렵지가 않"다. 시와 사랑이 금지된 그곳에서, 나와 그는 현실과 괴리된 채 닮고 닮은 한쌍의 은유처럼 영원히 박제될 수 있다.

"그러나 이것이 시라서, 그저 형편없는 시라서" 나와 그의 만남은 너절한 현실과 거리의 시선을 견뎌야 하는 것 같다. 우리를 시가 아닌 것으로 만들어주는 외적인 제약과 낡은 조건들이 사라지면, 숭고함도 비장함도 없이 평범한 두려움과 형편없는 시만 덩그러니 남는다. 그것을 아름다운 무언가로 다시 써내는 일은 이제 온전히 나의 몫인 것 같다.

떡을 치는 사람들이 있습니다
요즘도 떡을 치는 사람들이 있군요

거리를 걷다보면 이런저런 이벤트를 만나는데요

오늘은 그렇네요 떡이네요

떡판 위에 올려둔 찐 찹쌀을
치고
치고
또 칩니다

(…)

떡을 치는 아저씨들을 보며 저는 어쩐지 어릴 적 좋아했던,
다시는 볼 수 없는 삼촌이 떠올랐고요

반죽을 주무르던 샌님 같은 삼촌의 흰 손이
자꾸 생각납니다

그후로 생송편은 먹어본 가운데 가장 강렬한 콩비린내로 기
억되었고요

생송편 얘기는 제 얘기가 아니고
친구가 들려준 이야기였지만

어느새 떡을 다 친 아저씨들은 한입 크기로 썬 떡에 콩고물
을 묻혀 나눠주네요

인절미는 쫄깃하고 콩고물은 고소하고
어릴 적부터 좋아했던 것만 같은 그런 맛이군요

모두 떡을 먹고 싶어서 줄을 섰습니다

(찬 바람 불어와 콩고물 흩날리며 무엇인가 깊어집니다)

———「떡을 치고도 남은 것들」부분

　　위 시편 속엔 크게 두가지 시제의 '나'가 겹쳐 있는 듯하
다. 하나는 길거리에서 떡을 치는 아저씨들의 모습을 구경
하는 '지금의 나'이고, 다른 하나는 어릴 적 좋아했던 삼촌
과의 시간에 속해 있는 '과거의 나'이다. 이 시를 보고 어떤
감각을 분배받을지는 읽는 이에 따라 다르겠지만, "떡을 치
는 아저씨들" "반죽을 주무르던" "삼촌의 흰 손" "강렬한 콩
비린내" 등은 다분히 남성 간의 사랑과 성적인 이미지를 떠
오르게 만든다. 이때 두 시제 사이의 시차가 중요한 이유는,
지금의 내가 과거 기억들에 대한 감각과 평가를 사후적으로
다시 구성해내기 때문일 것이다. 아저씨 커플의 행위를 목
격한 후 그들에게서 나눠받은 떡의 미감(味感)은 "어릴 적부
터 좋아했던 것만 같은 그런 맛"을 품고 있다. 즉 용기 내어
거리 위로 드러난 누군가의 사랑 덕분에, 잊고 있었던 혹은
무의식중에 숨기고 있었던 나의 과거는 본디 좋아했던 것만

같은 기억으로 되살아난다. 시의 제목이 '남겠다' '남을 것' 등이 아니라 '남은 것'인 까닭도, 이 시가 도래하지 않은 훗날의 시간을 겨냥하고 있다기보다는 부서진 잔해로 남아 있는 과거를 향하기 때문은 아닐까.

피에르 바야르는 『예상 표절』(백선희 옮김, 여름언덕 2010) 이라는 책에서 모파상과 프루스트의 이야기를 꺼낸 적이 있다. 시기적으로 분명히 먼저 글을 썼던 모파상이 그보다 나중에 글을 쓴 프루스트의 문장을 표절하였다고 바야르는 주장한다. 그가 근거로 든 것은 '부조화'였다. 보통 원작의 문장은 전체 텍스트 속에서 조화롭게 자리 잡고 있을 것이다. 반대로 완벽한 원작의 일부를 베끼고 짜깁기한 표절 작품은 대개 어딘가 얼기설기하고 엉성한 느낌을 줄 것이다. 그런데 나중에 등장한 프루스트의 문장이 서로 아름답게 조화를 이루고 있는 반면, 프루스트의 문장과 내용적으로 유사한 모파상의 문장이 자기 작품 속에서 불협화음을 이루고 있다면, 그것이 바로 과거의 모파상이 미래의 프루스트를 표절한 증거가 아니겠냐는 것이다.

후발주자였던 프루스트가 모파상이 썼던 옛 문장의 불완전함을 목격한 후 그것을 보완하여 발전시켰다는 상식적인 설명 대신, 이처럼 복잡한 시간의 역전을 바야르가 이야기하는 까닭은 무엇인가? 그것은 진실로 미래를 예언한다는 주술적인 의미에서가 아니라, 훗날의 글쓰기가 겹쳐지고 나서야 앞선 텍스트가 유효해진다는 사실을 말하기 위해서였을 것이다. 부조화하고 불완전했던 과거의 문장과 텍스트들은 훗날의 글쓰기가 도착한 이후에야 비로소 의미를 부여받고 제자리를 찾기도 한다. 이를 바꿔 말해본다면, 부서진 과거의 기억은 새로이 덧붙고 반복되는 글쓰기와 발화를 통해 얼마든지 소급적으로 복원되거나 재창조될 수 있다. 아저씨들의 새로운 사랑의 미감을 맛본 이후 죄스러웠던 혹은 잊혀졌던 나의 감각이 다시 배열된 것처럼, 황인찬의 시가 도착한 이후 누군가의 과거는 분명히 이전과는 조금쯤 달라졌을 것이다. 꽃을 피우지 못하는 사랑이라고 저주받았던, 마음껏 "사랑해도 혼나지 않는 꿈"(「무화과 숲」,『구관조 씻기기』, 민음사 2012)만을 꾸던 누군가의 시와 사랑은 이제는 소급되어 다시 읽힐 수도 있을 것이다. 진실로 우리의 시대가 달라진 것이라면, 어제의 우리 또한 달리 쓰일 것이다.

　"당신이 생각할 수 있는 모든 좋은 것이 이 시에 담겨 영영 이 시로부터 탈출하지 못한다면 좋겠다"고, 그리고 "그것을 미래라고 부를 수 있다면"(「그것은 가벼운 절망이다 지루함의 하느님이다」) 좋겠다고 시인은 말했다. 어쩌면 그가 말하는 미래란 뒷날 우리를 찾아올 불분명한 시간이라기보다는, 아직 오지 않은(未來) 과거의 가능성과 미처 다 찾지 못했던 무수한 선택지를 의미하는 것은 아닐까. 영영 탈출하지 못할 그 오래된 미래 속에서, 시인은 아직 도착하지 않은 사랑을 되풀이하려는 것 같다.

趙大韓 | 문학평론가

이 시집은 1959년 11월 30일에 발간된 전봉건의 첫 시집
『사랑을 위한 되풀이』에서 제목을 빌렸다. 꼬박 60년의 시차
를 두고 있는 셈이지만, 특별히 의식하고 정한 것은 아니다.
전봉건은 내가 가장 사랑하는 시인인데 어째서 그를 사랑하
느냐 묻는다면 딱히 할 말이 없다. 이유 같은 것은 언제나 나
중에 붙는 것이다.

또 이 시집은 2017년에 시집 전문 서점 위트앤시니컬과
아침달 출판사가 함께 발간한 한정판 낭독시집『놀 것 다 놀
고 먹을 것 다 먹고 그다음에 사랑하는 시』로부터 출발했다.
애초의 구상은 그 시집을 그대로 옮겨 한 부로 구성하는 것
이었는데, 그러지는 못했고 조금의 변경이 생겼다.

이 시집의 1부 〈이것은 영화가 아니지만〉은 2019년 5월부
터 11월까지 메일링 서비스로 발행된 '앨리바바와 30인의
친구친구'에 발표한 연재물의 제목이기도 하다. 친구를 돕
기 위해 사람들이 모여 아픔에 대해 말하고, 삶에 대해 생각

172

하며, 아름다운 것을 만들어 전하는 일을 매일 이어가는 기획이었다. 연재를 위해 가장 먼저 쓴 시가 표제작인 「사랑을 위한 되풀이」였으니, 그 연재가 이 시집의 형태를 결정해주었다고도 할 수 있으리라.

나는 증오하는 것에 대해서만 생각할 수 있고, 의심스러운 것에 대해서만 말할 수 있다. 그러나 이 시집은 증오와 의심만으로 만들어진 것은 아니다. 많은 것을 만났고, 그것들을 좋아했으며, 그러한 일들이 모여 이 시집을 만들 수 있었다. 그 모든 것에 깊고 깊은 감사의 마음을 전한다.

사랑 같은 것은 그냥 아무에게나 줘버리면 된다.
이 시집을 묶으며 자주 한 생각이었다.

2019년 가을
황인찬

창비시선 437

사랑을 위한 되풀이

초판 1쇄 발행/2019년 11월 30일
초판 15쇄 발행/2024년 11월 21일

지은이/황인찬
펴낸이/염종선
책임편집/이선엽
조판/한향림
펴낸곳/(주)창비
등록/1986년 8월 5일 제85호
주소/10881 경기도 파주시 회동길 184
전화/031-955-3333
팩시밀리/영업 031-955-3399 편집 031-955-3400
홈페이지/www.changbi.com
전자우편/lit@changbi.com

ⓒ 황인찬 2019
ISBN 978-89-364-2437-4 03810

* 이 책은 2019년 대산문화재단 대산창작기금을 받아 발간되었습니다.
* 이 책 내용의 전부 또는 일부를 재사용하려면
  반드시 저작권자와 창비 양측의 동의를 받아야 합니다.
* 책값은 뒤표지에 표시되어 있습니다.